DARIA BUNKO

狛犬様とないしょの約束

高月まつり

ILLUSTRATION 明神 翼

ILLUSTRATION
明神 翼

CONTENTS

狛犬様とないしょの約束

朽《く》ちた鳥居から花が咲いているのを見て、ああ、これは夢なのだと分かった。

どこかの田舎の（綺麗《きれい》な青空と山がたくさん見えたから、多分田舎に違いない）行ったこともない場所。

鬱蒼《うっそう》とした森に囲まれた小さな社。花が咲く鳥居をくぐると、申し訳程度の参道は所々がひび割れて、その隙間《すきま》からは菖蒲《しょうぶ》が生えている。どうしてそこから生えてるんだ。

こんな不思議な空間に一人おかれて、俺は心細さと不安がない交《ま》ぜになった感情で空を見上げてる。これが夢だと分かっていても、木々はざわめくしで落ち着かない。

それに、やけに空が高いなと思っていたら、なんと俺は子供になっていた。

空に手をかざすと、小さな掌《てのひら》と指が見える。ちゃんと動くが、とにかく子供だ。

小さくなった手で今度は体を触る。どこもかしこもひょろっとしてて頼りない。

なんだこれは。さっさと醒《さ》めろと悪態をつくが、しくしくと泣く子供の声を耳にして鳥肌が立った。オカルトは性に合わない。というか苦手だ。いるのかいないのか分からない、そういう曖昧《あいまい》な存在には近寄りたくない。

なのに、あまりに悲しそうな泣き声が聞こえてくるものだから、俺は思わず声を掛けた。

「どこか痛いのか？　大丈夫か？」

どこにいるのか分からないが、声がした方向に向かって大声を出す。すると、社の向こうから着物を着た小さな子供が現れた。

「やっと来てくれた」と言って、笑顔で駆け寄ってくる。

どこかで会ったことがある子が夢に出てるのかな？　どこの女の子だろう。見覚えがない。柔らかそうな茶色い癖っ毛に、ピンク色のほっぺ。目はくりっとしてて大きい。こういう女の子は、成長すると美少女になるんだろうな。それにしても……。

「お前、汚い恰好《かっこう》だな。どうした？」

豪華な着物のようだが、所々が泥で汚れ、またすり切れており、足元は素足に草履《ぞうり》だった。

「うん。でもいい。ずっとずっと待ってた。約束したよね？　何度も約束したよね？」

何の約束なのか、俺は知らない。さっぱり分からない。

「また会おうって約束した。いっぱい待ったよ。いっぱい待ったけど新《あらた》は来なかった」

初めて会う子供なのに、俺の名前を知っていた。

でもこれは夢なのだ。だから相手に知られていても構わないのだと、頭の中で理由をつける。

「だからね」

子供は両手で顔を擦《こす》り、俺に笑いかけた。

ふにゃふにゃと微笑《ほほえ》んでいた顔が、一瞬で凛《りん》とした表情になった。

大きな瞳は光の加減で七色に変わってとても神秘的だ。

「ここを出て新に会いに行く。新はいつもここに来てくれてたんだもんね。だからさ、今度は会いに行くよ」

囁《ささや》くような優しい声で、子供が言った。

「会いにって……俺はお前の名前も……」

名前も何も知らない。お前は一体誰なんだ。

「だから待っててね？　絶対に会いに行く。大好きな新に会いに行く」

子供は笑顔で尻尾《しっぽ》を振った。

え？　尻尾？　え？

俺は、元気いっぱいに動いているモッフモフの尻尾から子供に視線を移す。すると子供の頭には耳があった。何の動物かは分からないが、獣の耳が生えている。髪と同じで茶色い。

「また一緒に遊ぼうね！」

そこで目が覚めた。

慣れ親しんだ天井を見上げて、新は安堵《あんど》のため息を漏らす。

カラーの、あんなリアルな夢を見たのは初めてだった。森の匂いまで感じた。

……しかし有り得ない。アレはあれだ、擬人化とかいうもんだろ。そんでメイド服を着て「ご主人様」とか言うんだろ？　けど俺にそんな趣味なんてねえし。それとも、これから子猫でも拾うのか俺は。飼いたいからあんな夢を見たのか？　………ないわー。

井上《いのうえ》新はのっそりと体を起こすと、短い髪を必死に両手で掻《か》き上げて眉間《みけん》に皺《しわ》を寄せた。

枕元の携帯端末に目をやると、午前六時四十五分。あと十五分は眠れたのにと、口からはあくびでなくため息が漏れた。

仕方がないと諦《あきら》めてベッドから下りる。

半袖Tシャツとハーフパンツを着たまま、ゆっくりと伸びをして目を覚ました。

父が祖父母から譲り受けた二階建ての一軒家は古く、故に作りがコンパクトであり、百七十八センチの新は移動するときに気を付けないと鴨居に額をぶつけてしまう。父は「そのうち建て替えしたいよな」と言っているが、仕事で忙しいうちは難しいだろう。

新はいつものように部屋のドアを開けると、会釈《えしゃく》をするように頭を下げて部屋を出る。

ゆっくりと階段を下りて、まずは玄関の鍵を開けてポストから朝刊を取った。清々《すがすが》しい朝の空気が気持ちいい。

自分の家が住宅密集地のわりにはそれなりの庭があって、門構えまで妙に立派なのは、とうに亡くなった祖父が見栄っ張りだったからだ（生前の祖母がわざわざ教えてくれた）。

門は立派でも、祖父《じい》ちゃんも祖母《ばあ》ちゃんも小さかったから、家の作りもこぢんまりとしてんだよな。

そんな事を思いながら、朝の散歩をしている近所の老人に「おはようございます」と挨拶《あいさつ》をして家に入る。

朝刊をリビングのテーブルに置き、洗面所へ向かった。

顔を洗い簡単に歯を磨いて口の中をさっぱりさせると、朝食の準備に取りかかる。

この家には十三年前……新が十歳の秋から母親がいない。好き合って結婚したはずが、気がついたら両親はさっぱり気が合わなくなったようで、話し合いをして離婚した。

両親が「お前はどっちに付いていく？」と聞いてきたので、新は「父さんと一緒にいる」と答えた。父は泣きそうな顔で喜び、母は肩を竦《すく》めて「それもそうか」と笑った。

新は母親と上手《うま》く行かなかった。

血の繋《つな》がった母親で、母なりに一生懸命家事もしてくれたし、世話も焼いてくれた。それでもまったく気が合わなくなってしまうのだから、親子というのは難しい。

父子二人の生活は最初は大変で、家事がまったくできない父親が気落ちして「こんなお父さんでごめん」と泣き出すなどいくつか馬鹿馬鹿しい事件も起きたが、今では笑い話だ。

「……おはよう」

キッチンに入ろうとした新の背に父が声を掛けた。

シャツにスラックスというラフな恰好で現れ「今日は新しい担当の子が、わざわざ挨拶に来てくれるんだって。この恰好でおかしくないかな？　ぼく、若作りしてない？」と聞く。長めの前髪を優雅に掻き上げる繊細な仕草に、世の女性たちはときめくのだろう。自分の父親ということを差し引いても、なかなかのいい男だと思う。

新の父は広川学《ひろかわまなぶ》というペンネームの人気作家で、読者の割合は女性七に対して男性三という……とにかく女性に人気がある。

話自体は息子の新が読んでも普通に面白いので、男性ファンが少ないのはやっかみがあるのだろう。

以前は九対一で圧倒的に女性読者に人気だったのが、ドラマ化の影響で男性ファンが増えた。喜ばしいことだ。

これで生活能力があれば何も言うことはないのだが、父は新が家事をしなければ生きていけない生き物だった。彼ができるのは掃除機を掛けることと、ポットの電源を入れること、電子レンジのボタンを押すことだけで、それ以外は「むしろあっぱれ」と言うほど何もできない。

「一芸に秀でたせいで、他の部分が役立たずなのよ」と、母親が言っていたことがあった。

おかげさまというかそのせいで、新は父に「ぼくに就職してください」と懇願されて、家と父に関する殆《ほとん》どのことを受け持っている。

今の生活に不満はないが、一度ぐらいは就職活動を体験してみたかったというのが本音だ。

一生誰にも言うつもりはないが。

「若作りはしてないけどさ、いつまでその無精髭《ぶしょうひげ》を生やすつもりだよ。似合ってないよ」

「ええ……！　そんな……」

「俺に顎《あご》髭とか生えたらどう思う？」

「似合ってないからやめなさいと言うよ。新はぼくに似て顔が若いから、髭が似合わな……」

父は途中まで言って、その場に蹲《うずくま》った。

どうやら自分の言葉で傷付いたらしい。新的には「分かって戴けてこれ幸い」だ。

「新しい編集が来るのは午後なんだろ？　父さんがちゃんと接待しろよ？　俺仕事だから」

「……新くーん。君もう仕事しなくていいから、ぼくの秘書に専念しておくれよ」

父は新聞を掴《つか》むと、リビングのソファに腰を下ろしながら提案する。

「やだよ。父さんが死んだら路頭に迷うだろ」

「父さんは簡単に死にませんし、お前が一生食べていけるぐらいの遺産は残すつもりです。著作権とか印税とかいろいろ」

「いい歳をして親に食わせてもらうなんて、最悪だろ」

フライパンを熱して油を引き、そこに冷蔵庫に入れておいた特売のソーセージを一袋分入れる。

一人四本だな……と目で計算して、汁椀に味噌とインスタントの出汁《だし》を入れてポットの熱湯を注ぎ、味噌が溶けるまでかき混ぜたところで、小分けにしていた長ネギと豆腐を入れた。

「飯できるぞ！」

熱々の味噌汁と、ご飯てんこ盛りの茶碗を丸い盆に載せて、ダイニングテーブルに置く。フライパンをゆすってソーセージの焼け具合を見つつ、冷蔵庫の中から海苔《のり》の佃煮《つくだに》とたくあんを取り出した。

「新君、箸《はし》がないよ」

「それぐらい自分で持って行けよ」

「だってどこに置いてあるのか、父さん知らないし」

「だったらちょっと待ってろ」

たくあんをまな板に載せて素早く千切りにし、小鉢に入れて上からいりゴマを振りかける。

「ぼく、スクランブルエッグかオムレツが食べたいな」

「それは明日な。今日の朝のおかずは、焼きソーセージと海苔の佃煮、千切りたくあんだ」

「相変わらず男らしい食卓だよ」

「俺たち男だろうが」

新は二人分の箸を箸置きに置いて、残りのおかずを順番にテーブルに載せた。

ソーセージには醤油《しょうゆ》を掛けてある。

「いや、不味《まず》くはないよね。ソーセージに醤油。白米には合うよね。でも父さんはケチャップで食べたいなー」

「これ以上文句を言ったら、俺は飯の支度《したく》はしない」

「酷《ひど》いな、新君は父さんを飢え死にさせる気かい？」

食卓に揃《そろ》って「いただきます」と言ってから、父は食べながら文句を言う。

「『人間はそうそう死なないものだ。特に、息子が二十歳になったら一緒に飲もうと思って、酒を隠し持っている父親ならば、なおさらだ』だろ」

新は父親の著作の一文を口にして、二人分のお茶を淹《い》れた。

「一緒に酒を飲んだのは三年も前でしょっ！」

「ああうん。あのウイスキーは旨《うま》かったわ。あんな旨い酒が飲めるなら、もう死んでもいいやって思った」

「父親より先に死んだら許さないからね。新君はぼくの大事な一人息子だ。……ソーセージ一本あげるよ」

父はしんみりと言って、新の皿にソーセージを載せる。

「長生きしても、孫の顔は無理だぞ？　見せらんねえ」

「そこは別に良いよ。ぼくも『おじいちゃん』なんて呼ばれたくないし。もしかしたらもう一回ぐらい結婚するかもしれないしね」

今年五十になる父は、外見もだが気持ちも若い。たしか結構若い彼女もいるはずだ。

「年の離れた兄弟ができたら恥ずかしいんだけど」

「子供は新君だけでいい。大勢の子供に愛情を注げるタイプじゃないんだよ、ぼくは。一人息子に一点集中したい」

「はいはい」

さっさとウインナーの皿を空にした新は、海苔の佃煮と千切りたくあんをご飯に載せてお茶を掛ける。

やはり、こういうさっぱりした朝食がいい。

オムレツや焼いたベーコン、フレッシュジュースに野菜サラダなんて、父が書いた小説を読むだけでいい。

焼きたてのクロワッサンなど、どんだけバターを使ってると思ってんだ。それをオシャレと微笑みながら食べる女子の気持ちは俺には分からない。

最後はお茶漬けでサクサクと済ませ、残っていた味噌汁を啜《すす》る。

「この味噌は旨い。高いけど、これからもこれを買おう」

「ぼくも賛成だ。味噌汁の作り方は邪道だけど、この味噌は旨い」

「父さんはひと言多いんだよ。ごちそうさまでした」

新はムッとした表情で席を立ち、自分の食器をシンクで洗った。

作り置きして冷凍庫に入れておいたハンバーグをバターを塗った大きな耐熱皿に入れ、周りにはホールトマトや、レンジで温めたジャガイモとニンジン、プチタマネギとブロッコリーを入れ、上にとろけるチーズを載せてラップする。それを冷蔵庫に入れた。これが父の夕食になる。食べるときはラップを剥《は》いでオーブンで十五分加熱すればいい。

昼は昼用で「おにぎらず」を幾つも作った。具は薄焼き卵とハム、キュウリ。しらすと納豆。父が「どうせならパンにしてよ」と文句を言うのが目に見えるが、せっかく朝食用に米を炊いたのだから有効利用したい。

「父さん、今日は店長に早く出てくれって言われてるから俺そろそろ出かけるけど、郵便物とかある？　ついでに出す」

「んー……ないねえ」

「新しい担当さんがくるなら、トイレ掃除は念入りにしておいた方がいいと思う」

「そうだった！　今日は父さんが掃除する日だったな！　頑張ってみるよ！」

と言っても掃除機を掛けるだけで、掃除機のゴミを捨てるのは新の仕事なのだが、取りあえず掃除してくれるだけでもありがたい。

家事というのは、きっちりしようとするとなかなかの重労働なのだ。

「じゃあ、俺仕事に行くから！　帰りはいつもと一緒ー」

玄関から大声を出すと、「気を付けて行くんだよ！　帰りはあまり遅くなるようならタクシーを使いなさい。父さんが払うから」と、過保護なことを言われた。

恥ずかしいけど、ちょっと嬉《うれ》しい。


半袖Tシャツの上から麻のジャケットを羽織り、パンツの裾をロールアップして足元はスニーカー。斜めがけにしている黒のメッセンジャーバッグは今年で三年目になり、いい感じにくたびれてきた。

眩《まぶ》しい夏の日差しは、最寄り駅に向かう途中で新に「帽子を被ってくれば良かった」と後悔させる。髪が短いと日光の直接攻撃が地肌に響く気がした。

「あっちぃ」

手を目元にかざして日光を遮ろうとしたその時。

彼の前に、汚れた着物を着た少女が立っていた。柔らかな茶色の髪を綺麗にリボンで結ってはいたが、それもすすけていた。

気づいた瞬間、新と少女以外のすべての人がいなくなり、音も消える。

しんと静まりかえったアスファルトの道の上、刺すような日差しだけが現実だ。

「あの日も、こんな日差しの日だった。覚えてる?」

いや、そもそも昨夜の夢で初めて会ったばかりじゃないか。おい!

明らかに異常な空間だが、突っ込みは忘れない。

「会いに行くから待っててね」

「だから……誰だよ」

すると、少女は可愛《かわい》らしい顔を歪《ゆが》ませて、涙をぽろぽろと零《こぼ》した。

「覚えてないの? どうして?」

少女は両手で涙を拭《ぬぐ》いながら、何度も「どうして」と尋ねる。

どうしようこれ……罪悪感が半端ない……っ!

「悪い。ほんと俺……覚えてないんだ。お前、じゃなく、君は小学生? 中学年ぐらい? 俺とどこで会った? 教えてくれると嬉しいんだけど」

「あんなに約束したのに、どうして忘れるの。せっかく会いに来たのに」

「だったら、ほら、名前、名前教えて」

「なんで覚えてないの……?」

少女はその場にしゃがみ込んで泣きだした。

どうしよう。泣き止《や》まない! どうしたら泣き止むんだよ! 女子を宥《なだ》めたことなんかねえし! というか、この子はまだ子供だし!

日差しはジリジリと新のうなじを焦がしていく。

「ほんとごめん。忘れててごめんな？　俺に会いに来てくれたのにさ」

「ほんとだよぉっ」

「だから……これから、えっとその……友達になればいいと思うんだけど。もしかしたら、いつか思い出すかもしれないし。ね？」

何言ってんだよ俺っ！　十歳以上も年の差がある女の子に何言ってんだよ！　犯罪者じゃないか！　何もしなくても、絵面だけでヤバイじゃないか！

新は両手で顔を覆い、「俺は変態かよ」と低い声で呻《うめ》く。

だが少女の機嫌は直ったようだ。

「そうだね！　いつか思い出すかも！　うん！　やっぱり会いに来てよかった！　ずっと新に会いたかったの。会えて嬉しい！　これからもよろしくね！」

少女がはしゃぎ、飛び跳ねる。

何度か飛び跳ねているうちに、ふわふわの尻尾と耳が出てきた。

「じゃあまたね。新」

両手で「バイバイ」と手を振って、彼女は瞬《まばた》きしている間に消えた。

音の洪水に思わず耳を塞《ふさ》ぐ。

ああ、音がする。生活音というか、日常の音って……結構うるさいんだな……。

ざわざわと人が行き交う。

腕時計に視線を落とすと、数分も経《た》っていなかった。

「え？」

なのになんで俺は、こんなに汗をかいてるんだ？

頬《ほお》から首筋へと流れる汗。手の甲で額を拭《ふ》くと汗が飛び散った。まだ午前中なのに、やけに暑い。

「今度は白昼夢かよ。……………いや、今のは違うだろ」

新は小さく首を振って、歩き出す。

これから仕事だというのに、目を開けたまま眠ってなどいられない。


新が勤めている「カフェ・クラウンガール」は、開店当初こそ客入りはぼちぼちだったらしいが、三ヶ月もしないうちに人気カフェ＆バーの仲間入りをしたという。

駅からちょっと離れた隠れ家的カフェ＆バーという店のわりに、女性客たちがやけに気合いの入ったメイクとファッションで、いつもオープン一時間前から並んでいる。

ちょうど公園の横にあるため、客が並んでも近隣の迷惑にならないのが幸いだ。

昔は外国人家族が住んでいた三階建ての家は、ひろびろとして仕切りも少ないので、たいして改装もせずにそのまま店舗として使われている。

一番人気は石畳のテラスで、「テラスのパラソルの下で飲むスムージーがとても美味しいの」と、この間SNSで人気タレントが呟《つぶや》いていた。迷惑だ。

新は日傘を差して並んでいる女性客を尻目に見ながら、スタッフオンリーのドアを開けて店内に入った。

「おはようございます！　店長いますかー？」

三階のスタッフルームまで駆け上がって挨拶をすると、休憩用のソファ席で、橋本《はしもと》店長が従業員と何やら喋《しゃべ》っていた。知らない顔なのできっと新人だろう。

「おはよう、新。先に着替えていてくれ」

「はい」

あー……なるほどな。新人か。だから俺が早く呼ばれたのか。長く続くといいな。この前入ってきたのは、いいのは顔だけの、ムカッ腹の立つやろうだったしな。

新は自分のロッカーを開けて制服に着替える。

長袖の白シャツに黒のネクタイ、黒のベスト、膝丈の黒いサロンに黒いスラックス。足元は黒の革靴。これがカフェ・クラウンガールの「戦闘服」だ。

そして最後の仕上げがある。

ロッカーに付いている鏡を見ながら、少し長い前髪を両手で梳《す》いて、ヘアワックスを付けて掻き上げる。

緩いオールバックというのが、従業員のヘアスタイル。店長とオーナーが「きっちり固めてなくて、ちょっとおくれ毛ができるオールバックの方が色気があるんだよ」と意気投合して決まった髪型らしい。

なので従業員の殆どは前髪が適当に長く、後ろに流しやすいようにしている。

新はサイドの髪がどうしても上手く落ち着かないので、いつもヘアピンで留めている。

なぜかは知らないがヘアピンは女性客の受けがいい。たまに「どうぞ使って」とキャラもののヘアピンをプレゼントされる……が、従業員規則として客とは親密になれないのでいつも丁重にお断りしている。

備え付けの小さな洗面台で手を洗い、ふうと一息ついて冷蔵庫を開けたところで、店長に声を掛けられた。

「もういいか?」

「はい。問題ありません」

「あのな、新。お前にこいつを任せるからよろしく頼む」

いつもは物腰柔らかでスマートな接客を身上にしているが、言いがかりをつける客を前にするとガラリと性格が変わる店長は愛妻家で、五歳の娘の結婚を今から心配しているとても素敵なパパだ。

そのパパ……じゃない、橋本店長が、笑顔で新に新人教育を押しつけてきた。

「はい、分かりました。俺はホール・リーダーをしてる井上新だ。これからよろしくな？」

そう言って、改めて新人の顔を見て内心驚く。

うわっ……あの少女によく似た顔をしている。いや、新人は男だから似ていると言ったら失礼かもしれないが、とにかく、よく似ている。柔らかな茶色の癖っ毛も、形のいい眉も、大きな目も。あの子が成長したらこんな顔になるのか……こいつは男だけどさ。

可愛さもあるが、顔の線はしっかりとしているので女性には見えない。むしろコレは、「甘いマスク」というヤツだろう。鼻筋は通っていて唇は薄くて、口角が上がっているので、いつも笑顔を浮かべているような表情になる。こいつはモテるわ。

新は冷静に新人を観察していたが、店長に「見惚《みと》れてるのか？」と笑われて我に返った。

「違います。いや、でも、こいつはモテると思いました」

「だそうだ、深山《みやま》君。先輩に褒めてもらってよかったな？」

店長は「後はよろしく」と言って、休憩室から出て行く。

「深山琥珀《こはく》と言います。年は二十歳です。好き嫌いなく何でも食べますので、よろしく世話してください」

「は？」

「あ、違う。ええと……田舎から出てきて都会のことはよく分からないので、仕事のついでにいろいろ教えてくださると助かります」

「お前、と言ったら駄目だよな。深山でいい？」

「琥珀と呼んでくれると嬉しいんですけど」

ずいと、琥珀が新に顔を近づける。膝を曲げて目の高さを一緒にしてくるのはありがた迷惑だ。お前がでかすぎるだけで、俺だって百七十八センチある。日本の成人男性の標準身長よりでかい。その態度は失礼だろうが。ったく、無駄に綺麗な顔しやがって。

「深山は身長何センチ？」

「あー……えっと、新さんより大きくて……」

「そりゃ見れば分かるって、なんだよ名前呼びかよ」

「えっと、百八十……五、ぐらいです。ダメですか？　凄《すご》くいい名前で、俺、大好きです」

長い睫《まつげ》が影を作ってるのが分かる。多分、片方の睫だけで爪楊枝が十本は載るだろう。そんな風に睫をパチパチさせて俺を見るなってんだ。昼間のあの子を思い出すだろ。

「だめですか？　店長も名前で新さんを呼んでましたよね？」

琥珀の目が潤んで、何かを訴えるように新をじっと見つめる。

だから、そういう目はやめろ。俺は悪くないのに俺のことで泣きそうになるな。ったくもう！　なんなんだよ！

新はぐっと眉間に皺を寄せて、ため息をついた。

「店長は従業員をみんな名前で呼んでるんだよ。ったく。仕方ないから許してやる。だがな、俺はみんなのことも名字で呼んでる。だからお前も深山と呼ぶぞ」

「はい。最初はそれで我慢します」

「おいこのやろう。ニッコリ笑って言うことかよ」

琥珀はまたしても顔をずいと近づける。思わず体ごと反らした。

人なつこいにも程がある。

しかも一歩下がったら悲しそうな目で見つめてきたので、新は謂《い》われのない罪悪感を覚えてしまった。

「仲良くなったら、新さんは俺のこと琥珀って呼んでくれますよね？　その日を楽しみにしてますから」

なんだよ、その期待に満ちた目は。キラキラさせやがって。お前はボールを投げてもらう前の犬か！　……なんてことは言えないので、心の中でだけ突っ込みを入れる。

「まあ、仲良くなればな」

心の中で「多分」と付け足して頷《うなず》いてやると、琥珀は「嬉しいな」と目を細めて微笑んだ。

「まあいいや。可愛い新人だ。きっちり躾《しつ》けてやるからな」

「はい。よろしくお願いします」

「そしたらまずは、その前髪。俺みたいにおでこ見せて、後ろに流して。癖付いてるから上手くまとまるんじゃねえ？　整髪料は無香料なら何を使ってもいい」

「さっき店長に一つもらいました。……こんな感じですか？」

筋張った長い指を前髪に突っ込んで、すいと後ろに掻き上げる。

ただそれだけなのに、新は「こいつ……ヤバイ。モテるというかストーカーが付きそう」と再確認した。琥珀は前髪を上げて額を見せるとずいぶん凛々《りり》しくなる。

美形に凛々しさがプラスされたらもう怖いものなしだ。

「へえ。いいじゃん。めちゃくちゃうちの店らしいウェイターだ」

「そうですか？　よかった。俺を育ててくれた母と、ここのオーナーが知り合いで、そのつてで働かせてもらうことになったんです」

今の言い方で、琥珀の家庭が複雑なのは分かった。そこに深く突っ込まないのが新のスタンスだ。誰にだって越えてほしくないラインはある。

琥珀がわざわざ「俺を育ててくれた母」と言ったのは、それ以上のことは話したくないですという意思表示と受け取った。

「そうか。まあ、ここにはいろんな境遇のヤツがいるから、気を使わなくてもそれなりにやっていけると思う。そんじゃ、歩きながら店の中の事を教えるから付いてきて」

「はい！　新さん！」

なんとも言えないこそばゆい気持ちになる。

新人教育など今まで何度もやってきたのに、妙に照れくさくなった。

それでも嫌な気持ちがしなかったのは、彼の声がどこか懐かしいような気がしたからだ。


一階は数名で来た客向けで、晴れていればまずテラス席へ案内する。二階はグループ客がメインで、ベランダ席から埋めていく。特に春は、庭に植えられた桜の木が毎年見事な花を咲かせるので、体が二つあっても足りないほどの忙しさになる。ちなみに秋は薔薇《ばら》が美しい。

三階への階段に続くスタッフオンリーの扉は、ちゃんと鍵を掛けること。

以前、従業員に岡惚《おかぼ》れした女性客が忍び込んで騒ぎになったんだ。それとこっち、一階に続く階段は従業員に合わせて幅を広くしてもらった。俺が一度派手に落ちたことがあってな。

……などと語りながら一階に下りていくと、今日の掃除当番になっている二人の従業員が店内に入ってきた。

「おはよーっす！　あれー新人だー！」

「へえ、こりゃまた、女子が騒ぎそうなヤツ。よろしくな！」

彼らは琥珀の肩を軽く叩《たた》いて、全速力で階段を駆け上がっていった。

「あいつらのことは気にすんな。で、一階。ここが一番大変だ。奥にオープンキッチンの厨《ちゅう》房《ぼう》がある。カトラリーや消耗品の補充は俺たちウェイターの仕事。ダスターは、これな？　こまめに交換しろ」

新は横のテーブルの上に置いてあった、グレーのギンガムチェックの布を掴むと、琥珀に「これがダスターで、ウェイターは一人一枚、これとトレイを持って作業する」

「はい」

「でもお前が一人で接客できるのはまだ先だ。俺がいいって言うまでは先輩たちのサポート」

「はい。……いい匂いがしてきた」

琥珀は犬のように鼻を鳴らしてキッチンに顔を向ける。

「仕込みの真っ最中だから。うちのランチは種類は少ないが旨いぞ。当然、まかないもな。今日のまかないは……」

新が最後まで言う前に、キッチンから声がかかった。

「おい新！　新人君に好きな食べ物聞いてー！」

大声を出したのは料理長の磯谷《いそや》で、大型バイクに乗ってそうなワイルドな雰囲気だが、彼もまた愛妻家の一人であり、乗るのはファミリータイプの車だけだ。危険行為は一切しない優しいパパだという。先月初めての息子が生まれたときに、「息子が二十歳になったら一緒に飲むんだ……」と涙ぐみながら高いウイスキーを買っていたと、店長からグループＳＮＳに証拠写真が投稿された。

「深山は何が好き?」

「お、俺ですか……何でも食べるんですけど……一番好きなのはおはぎかな」

するとキッチンの中で笑いが起きる。

「おはぎをまかないには出せないなあ。せいぜいおやつだ。食事的なもので好きなのはなんだい？　色男」

「肉です！　いくらでも食べられます！」

磯谷の問いに、琥珀は笑顔で「肉」と答えた。大ざっぱだ。

しかし磯谷は「よし、肉な。今日のまかないは肉料理だ！」

厨房の料理人たちが「うぃっす！」と一斉に答える。

「……俺がリクエストしていいんですか？　肉好きですけど」

「新人がまかないのリクエストをするのが、うちのしきたり。ただし初日のみ」

「都会は怖いところだから騙《だま》されないように気を付けるんだよって、そう言われて来たんですが、ちょっと安心しました。肉をくれる人に悪い人はいないです」

堂々と言いきる琥珀に新が噴いた。

なんだこいつ、ご飯をくれる人はみんないい人なのかよ。可愛いな。

可愛いついでに、よしよしと頭をポンポンと軽く叩いてやった。すると琥珀は「もっとポンポンしてもいいんですよ」と頭を差し出してくる。

「お前な、仕事の流れとかまだ説明してねえだろ」

「でも新さんならポンポンしていいですから」

そんなの言われてできるものではない。琥珀が唇を尖《とが》らせているのが見えたが無視して話を続けた。

「……で、まずここで、客への水の出し方を教える。ちゃんと覚えろよ？　はい、その席に座って」

琥珀が席に着くのを見る前に、新はキッチンカウンターに備えられているグラスを二つ取り、それぞれに氷を入れて、冷水の入った透明ポットから水を注いだ。それをトレイに載せて琥珀の所まで持ってくる。

「お待たせいたしました」

笑顔でグラスを置くが、琥珀がその水を普通に飲んだ。

「お前何飲んでんだよ」

「これ、さっぱりしててスカーっとして美味しい水ですね。何が入ってるんですか？」

「レモン汁とミントの葉………じゃなくな？　俺の水の置き方見てたか？」

「はい」

「じゃあ、今度は俺にやってみて。水を取ってくるところから」

「はい」

琥珀が席を立ち、代わりに新が腰を下ろす。

背筋はピンと伸びているし、靴を引き摺《ず》るようなだらしのない歩き方もしていない。新はじっと琥珀を観察する。二階席の掃除を終えた従業員が一階に下りてきた。

「お、井上先生のスパルタかー」

「泣かすなよ、井上」

はやし立てる同僚に、新は「うるせえよ、さっさと掃除しろ」と悪態をつく。

こちとら新人教育の真っ最中なんだよ。……ほほう、バランス取るのは上手いな。

二つのグラスを載せたトレイは、下から手で支える。正確に言うと、掌と五本の指で。掌の上にただトレイを載せただけでは、重いものを載せたときにバランスが取れない。

「お待たせいたしました」

笑顔で、水の入ったグラスをテーブルに置く。やばいな、これは完璧だ。なんで一度見ただけでできるんだ？　と、新は琥珀を見上げた。

「新さんをずっと見てましたから、その通りにやっただけです。ダメでしたか？」

「いや完璧だ。凄いな。一度見ただけでできるのか？」

「多分それは、教えてくれたのが新さんだからです」

またしてもシャキンと胸を張って言われるが、意味が分からない。しかも琥珀は新に頭を差し出して「ご褒美《ほうび》をくれてもいいんですよ」と言った。

「調子に乗るんじゃねえよ。次だ次」

新がしかめっ面で琥珀の耳を軽く引っ張る。

「今日、新人にやらせるのは、お冷やと料理の提供だ。写真を見てメニューを覚えろ。おい矢部！　休憩室から例のアレ持ってきてくれ。新人に使う」

ちょうど「おはよっすー」と出勤してきた後輩に、新が声を掛けた。


十一時三十分の開店と同時に、女性客がいっきに店内に押し寄せる。

新の指示で客たちはテーブルを振り分けられ、ものの十五分で満席となった。

「ああん！　ついてない！　でも美香《みか》はクラウンガールのスムージーが飲みたいから頑張って待つね！」

「相原《あいはら》君が案内してくれると嬉しいなあ。ねえ誰、あのキレイな子」

「えー、私は矢部《やべ》君かなあ。名前わかんない、新しい子かなあ」

「古淵《こぶち》君が可愛いすぎて死ねる」

扉の前に置かれたウェイティング用紙に名前を書きながら、客たちは好き勝手なことを言って黄色い悲鳴を上げた。

　クラウンガールは隠れ家的カフェなのだが、オーナーの特殊な趣味が炸裂もしていた。

「どうせなら綺麗なものを侍《はべ》らせたい」とのことで、従業員の顔面偏差値が異様に高い。ちなみに店の調度品は　本物のアンティークでそれなりの値段がする。

　美形ばかりが揃うと男の嫉妬《しっと》で雰囲気が悪くなりそうだと思われがちだが、みな微妙にタイプが違うのでいいバランスで棲み分けができていた。

　最初は近隣の主婦たちが目の保養がてらに美味しいランチを食べ、帰宅途中のサラリーマンが「うちに帰る前にいっぱい飲んでいくか」と寄る店だったが、いつしか「ゆるオールバックの美形がウェイターをしている秘密のカフェ」としてSNSで拡散され、うら若き乙女たちが気合いを入れて、自分の「推しウェイター」を見にやって来るようになった。

「お前には何度言っても足りないくらいだが、ここで改めて言っておく。お客様と必要以上に親しくなるな」

　琥珀が、水の入ったグラスを一階のすべてのテーブルに置いたのを確認して、新が小声でそう言った。

「俺が女性と親しくすると新さんが寂しいからですか？」

「意味分かんねえ。店の外で会いましょうとか言われても、笑顔で『規則なのでダメです』と言え。客とプライベートで会ったらクビになるからな」

「それはつまり、解雇ですか？　せっかく新さんに会えたのに。というか、従業員同士はプライベートで一緒に遊んだりご飯を食べたりしてもいいんですよね？」

琥珀がトレイを抱き締めて、泣きそうな顔で新を見る。

またかよ。お前のその顔、めっちゃ罪悪感を感じるんだって。バカ泣くな。成人したら男は泣くんじゃない。

新はポンポンと琥珀の肩を叩き、「仕事が終わったら一緒に遊んでやるから、女性客と余計な話はすんな」と言った。

ランチをトレイに載せて通りすがった矢部は、今の会話が聞こえていたのか笑いを堪《こら》えて変顔になる。

「分かりました。俺、頑張ります。クビになったらここに来た意味がない」

花がほころぶような笑顔は、女性客だけでなく新の頬をも赤く染めた。

「その顔やめろ。バカ」

「新さんが照れて可愛い」

新は、余計なことを言った琥珀の尻を叩いて黙らせた。

「深山、休憩に入るぞ」

「はい！」

声は元気だが顔が疲れているのが分かった。

ランチのピークが過ぎた一時半、新は琥珀の肩を軽く叩いて笑ってみせる。

「よく頑張ったな」

「四回、運ぶ料理を間違えました」

琥珀は「完璧に覚えたはずが」と付け足した。

「少ない方だ。お客様も、お前の困り顔を見て喜んでた」

「俺は……新さんに仕事ができるところを見せたかったんです」

「新人が生意気言うんじゃねえ。ほら、お前がリクエストしたまかないだ。三階に上がって食うぞ」

カウンターには、二人分のまかないが用意されていた。

大きな皿に、ゴロゴロと入った肉の塊《かたまり》からデミグラスソースのいい匂いがする。添えてあるのはジャガイモとニンジン、ブロッコリーで、料理長が「パンにするか？　それとも飯か？」と笑顔で尋ねる。

「ご飯ください。これ凄くいい匂いがするんですけど何ですか？」

「肉団子のビーフシチュー風煮込み。旨いから心して食え」

「肉だ！　ありがとうございます！」

琥珀は子供のように喜んで、すぐに二人分の料理をトレイに載せた。

「新さん、ご飯です。早く食べましょう」

「ガキかよ」

新は、自分のトレイにフォークとスプーンを載せ、「それと、後をよろしく頼む」と近くにいたウェイターに言って琥珀の後に続いた。


冷蔵庫からミネラルウォーターのペットボトルを二本取り出し、一本を琥珀に渡してやる。

「お前はこのまま、夕方の営業時間まで休憩に入れ」

従業員用の大きなテーブルに料理を並べ、向かい合って席に着く。

「え？　ちゃんと働けます」

「初日から焦っても仕方ねえって。疲れが顔に出てる。お綺麗な顔が台無しだぞ」

「それは……その、こんなに大勢の人間と話すのは初めてで……」

「お前の住んでた所は、ずいぶんな田舎なんだな」

「はい。昔は大勢いたんだよって母が言ってました。空が綺麗で空気が美味しくて、だからか、病気療養でやってくる人の施設がいっぱいあります」

心に、今の言葉が引っかかった。

「あー……俺もな、子供の頃は体が弱くてさ、夏とか冬とか、長い休みの時に母方の祖母ちゃんちで過ごして……」

今気がついた。たった今だ。とても大事なことを忘れていることに気がついた。

新は「なんだっけ、俺は何を忘れてるんだ」と呟き、拳で自分の額を小突く。

思い出せそうで思い出せないのは、背中が痒《かゆ》いのに手が届かなくてもどかしい気持ちに似ている。もどかしさはすぐに苛立《いらだ》ちに変わるのだ。忌々《いまいま》しい。

「そのうち思い出しますよ。きっと。今はとにかく、この美味そうな料理を食べましょう」

琥珀の笑顔が、なぜかあの少女に重なる。新は思わず「お前に妹か姉はいるか？」と聞いた。

琥珀は口いっぱいに肉団子を頬張ったまま、首を左右に振る。

「……そうだよな。だって、頭に耳が生えて尻尾が生えてる人間なんていねえよなー」

やっぱあれは、疲れた脳が自分に見せたものなのだ。それ以外の何ものでもない。

新は小さく笑って肉団子を食べようとしたが、「人間じゃないですよ、それ」と言ったので一旦スプーンを置く。

「気持ちの悪いこと言うなよ」

「思い出せないなら思い出せなくてもいいと思います。これからまた、新たな関係を作って行けばいいんだし」

「お前、何を言ってるんだ？」

しかも関係ないだろと付け足して言ったら、琥珀は酷く傷付いた顔をして目に涙を浮かべた。

おいホント、勘弁してくれ。

「小学生じゃあるまいし、いちいち泣くなよ。俺はお前を苛《いじ》めてないぞ」

「分かってます。俺が勝手に泣いてるだけです。涙もろいんで気にしないでください」

「目の前で目に涙を浮かべてたら気になるっての。ほれっ」

ティッシュを何枚も取って、それを琥珀の顔に押しつけて涙を拭ってやると、「痛いです」

と文句を言われた。

「だったら泣くな」

「……新さんは優しい人だと思っていたのに、実は違うんですか？」

「俺は男には優しいと思うぞ。女はどうも苦手だ。うるさくて、すぐ泣くし、図々《ずうずう》しいし」

目の前の美形を見つめながら言葉を連《つら》ねると、琥珀が「それって俺ですか？　俺は男です」

と大げさに嘆いた。

ニヤニヤと笑いながら「だから、女の話」と言ったら、「俺のことからかわないでください」と今度は拗《す》ねる。

「その、新さんは女の人がだめなの？」

ずいぶんと突っ込んだことを聞いてくる。そこはスルーするべきことだろうがと思ったが、遅かれ早かれ言わなければならないのだと割り切った。

「俺はゲイじゃない。言っておくけど違うからな？　恋愛が絡んでくるとアウトなだけだ。付き合う気満々でアプローチされるのは本当に苦手。女子は友達で充分だ。俺は彼女も結婚も子供もいらねえ」

あ、ヤバイな。ちょっと言い過ぎた。今日会ったばかりの新人に話していいことじゃない。というか、こいつは聞き上手なのか？　俺っておしゃべりじゃないと思ったけど……。

新は「もう余計な話はおしまい」と言って食事を再開する。

琥珀も何も言わず、小さく頷いて食事を再開した。


「ひとまず……おつっ！　かれっ！　さまあっ！」

昼の営業が終わったところで、従業員たちは休憩を取ろうと控え室に入ってきた。

矢部は三人掛けのソファが空《あ》いていることに気づいて、気持ちよくそこにダイブする。

「ここは今日、俺の寝床となりました。夜が始まるまで寝るからー」

「ガッツリ寝たいなら、シェフ組と一緒にベッドに行きなよ」

トレイにケーキをいくつも載せてきた古淵が、だらしない恰好の矢部を叱《しか》った。

「だって、俺の好きなハンモックは磯谷さんに占領されている」

控え室の隣は仮眠室になっていて、最初は二段ベッドがギチギチに詰まっていたが、誰かが「映画に出てくる収容所みたいだ」と呟いたのをきっかけに大改造をした。

今はとってもお洒落《しゃれ》なマットレスが敷かれ、宙にはハンモックが揺れている。気分だけでもリゾートを味わいたいという男たちの、汗と涙の結晶だ。

「新入り君は、慣れたかね？」

テーブルに料理とドリンク、デザートの写真を並べて、必死に名前を覚えていた琥珀は、古淵に問われて「少し慣れました」と笑顔で返事をした。

「頑張るのはいいけどさ、休めるときに休んでおいた方がいいよ。夜もあるんだし」

「ありがとうございます。ちょっとだけ、寝ようかなと思ってました」

古淵は「こいつはどこでも寝ちゃうから」と、もう夢の中の矢部を指さす。

「じゃあ、失礼して休ませてもらいます。おやすみなさい」

いきなり床に寝転がった琥珀に、古淵が「えええええ！」と悲鳴を上げた。驚いて矢部が目を覚ます。隣の部屋から「うるさいんだけど……」と気だるい声で相原がやってきた。

そして、最後に部屋に入ってきたのは新だ。

「おい、矢部。深山に床に寝ろって言ったのか？」

「違う違う！　井上さんっ！　俺は濡れ衣《ぎぬ》！　古淵くーん、俺の無実を証明して！」

眉間に皺の寄った新の前で、矢部は慌てふためき、古淵は「無実です！」と宣言する。

「あの、眠くなっちゃったんで、俺が勝手に床に寝転んで……」

「バカかお前は。寝たいときは仮眠室。ここで寝たいなら、ソファの後ろに立てかけてあるマットレスを使え。毛布はちゃんとクリーニングに出してるから安心してかけて寝ろよ？　空調が効いてるから風邪を引かないようにな？」

なんだもう焦って損をしたと、覗《のぞ》きに来た者たちは仮眠室に戻っていく。

「俺も、ケーキは冷蔵庫に入れてあとで食べよう。疲れたから寝る」

古淵は相原に「俺もそっちで寝るー」と言って付いていった。

矢部も「無実ですからー」と言いながらソファに寝転んで目を閉じる。

新はマットレスをその場で横に倒した。

「シーツや毛布はここな？　この棚。出かける用事があるなら、ディナーまでに戻って来ればいい。結構時間があるからな。けどな、新人は大抵疲れてるから、出かける用事がないなら寝てろ」

適当にシーツを敷いて琥珀を寝かせ、上から薄い毛布を掛けてやる。

「新さんは？」

「俺？　俺は別に用事がないから寝ておこうかなと…………うわっ」

いきなり腕を掴まれて、マットレスに滑り込んだ。

いくら矢部が寝付きが良くても、もし目を覚ましてこれを見られでもしたら説明するのが面倒だ。何せみな、新の女性に対する「塩対応」を知っている。

この状態を見られたら「ああやっぱり。女子は友達と言ってるから、井上さんはそういうのが好みだったんだね。あ、偏見はないから！」と生温かく見守ってくれそうでいやだ。

なのにこの新人は。

「俺は新さんと一緒に昼寝したいと思ってるんですけど。ね？　これから新たに仲良くなっていきましょうね」

耳元に囁かれて顔が赤くなった。自分で自分が嫌《いや》だ、こんな反応。

新は「なんなんだよ」と文句を言いながら琥珀の腕から逃れようとするが、「仲良くして」と泣きそうな声で言われて動きを止めた。

「涙を武器に使うのは女だろうが」

「だって、俺、嬉しくて」

「意味が分からねえ」

「いいんです。ねえ、甘噛みしていいですか？」

「ダメだ。っていいながら首筋を噛むなっ」

「じゃあ、一緒に寝ましょう。腕枕してあげますから」

「図々しいなお前」

「それを許してくれる新さんが大好きです」

琥珀は新を抱き締めて目を閉じる。

何で俺は、今日会ったばかりの新人に、ここまで好き勝手にさせてるんだろうな。ほんと、自分の行動に理由をつけらんねえ。

と思いつつも、眠気には勝てない。

新はスラックスの尻ポケットから携帯端末を取り出すと、二時間後にタイマーをセットした。

「仕方ねえ、このまま昼寝する」

「はい。お休みなさい」

妙に慣れた手つきで腕枕をされたのには閉口したが、ふわりと香る琥珀の匂いがなぜだか懐かしくて、気がついたら眠りに入っていた。


もの凄く手触りのいい毛皮に触っている。

柔らかな体毛を指先で撫《な》で摩《さす》りながら、「ああこれは夢だ」と気づいた。なぜなら自分は店で仮眠しているし、店で動物は飼っていないからだ。

自分が触れているのがどんな動物なのかを確かめたくて、新は目を開けて体を起こす。くどいようだが、これは夢の中だ。

こんな風にコントロールできる夢を何と言ったか忘れてしまったが、とにかく新は、目の前の動物を見て目尻を下げた。

純白の体毛を纏《まと》った大型犬が、じっと新を見つめている。毛足は長く、首の周りは柔らかそうな長い巻毛で覆われていた。脚は太くガッシリとして、耳はピンと立っている。

「立派な犬だな」

そっと体を触り、肉付きを確かめた。

犬は大人しく触られるままだ。

ふわもふっと、指が体毛に埋もれていく。柔らかい。気になっていた首回りも慎重に触れた。柔らかいどころの騒ぎじゃない。掌が至福だ。一度触れたら、手を離すのは容易なことではない。

「なんだよお前……。どこの犬だ？　俺の夢に出てきたってことは、もしかしてこれは正夢か？　俺はお前みたいな立派な犬を飼うのか？」

犬は真っ黒な鼻を新の頬に押しつけ、ピスピスと甘え声を出した。可愛い。

最近変な夢ばかり見ていたから、動物が夢に出てくると癒される。

「抱き締めても、いいよな？　これは夢だし」

それでも、「噛まないでくれよ」と囁きながら、新は犬の首に両手を回し、もふもふの体毛に顔を埋めた。

犬特有の匂いなどこれっぽっちもなく、代わりに太陽の匂いがした。正確には、日干しした布団の匂いだ。最高の匂いを胸一杯に吸い込んで、新は目を閉じた。至福で死ねる。

「なんだよもう。犬の毛ってこんなに柔らかかったっけ？　最高じゃないか。なんかまた眠くなってきた」

犬は首筋をひと舐めすると甘噛みしてきた。

「くすぐってえって……」

夢の中でまた寝るなんて不思議だが、とにかく気持ちがよくて意識が浮遊する。

「あー、もうだめだ。次に目を覚ましたときに、お前が目の前にいればいいのに」

思わず無理難題を言ってしまう。

新に抱きつかれた犬は、小さく笑って「無理です」と言った。

いや、そう言ったような気がした。


眠りから覚めると、綺麗な顔が目の前にあった。

長い睫に高い鼻。あどけない表情を見せて眠っている琥珀を見つめ、「犬じゃなかった」と呟く。

もし本当に夢の中で出会った犬が目の前にいたら、家に連れて帰ろうと本気で思っていたのだが、夢は夢で、それ以上でもそれ以下でもなかった。

新は体を起こしてぐっと伸びをすると、ずいぶんと疲れが取れていることに気づく。まるで、ぐっすり眠った日の朝のように、目覚めがスッキリしていた。

「井上さんおはよう〜。新人君はどう？」

控え室に顔を出した相原は、手を振りながらあくびをする。いい男が台無しになっても気にしないようだ。

「あー……なんかぐっすり寝てるぞ。図太いな」

「へえ……って、一緒に寝てたんだ」

「やむを得ずだ」

「別にさ、俺は井上さんの性癖とか？　嗜好《しこう》とか？　気にしないから」

「おい」

「恋人ができるっていいことだと思うよ。これってやっぱり一目惚れ？　運命の出会い？　ドラマティックでいいなあ。とにかく俺は応援するからね」

「あのな、勝手に話を作るなよ」

真顔でグッと親指を立ててみせる相原に、新も真顔で「ゲイじゃない」と言い返す。

「分かった。そういうことにしておきますねー」

新は眉間に皺を寄せるだけにして、突っ込みを入れるのはやめた。

相原は「小腹が空《す》いた〜」と言いながら従業員控え室から出て階段を下りていった。

「ったく。お前のせいだぞ」

未《いま》だ気持ち良さそうに眠っている新人の頭を乱暴に撫で回し、ふと手を止める。夢の中で触りまくっていた犬の体毛によく似た感触。

犬はそれこそ柔らかくてもふっとしており、癖の付いた琥珀の髪とは触り心地が違う。

新は首を傾《かし》げながら「何だよお前。犬か」と言って笑った。

「……何を笑ってるんですか？」

ずっと閉じられていたまぶたが開き、美形の新人が上目遣いで新を見つめる。

「別に。……よく眠れたか？」

「はい」

「それはよかった」

よしよしと、夢の中で触り足りなかった分を埋めるように、新は琥珀の頭を撫で回した。

ランチの時には爽《さわ》やかな空色だったテーブルクロスが、ディナーでは生成り色に変わる。店内は間接灯のふんわりとした明かりに照らされ、客たちは自然と顔を寄せ合って会話や料理、酒を楽しんでいた。

そんな中、琥珀は一人情けない顔でため息をつく。

カクテルの説明が上手くできずに新にフォローしてもらったのだが、新の前で女性客に「新人君ね」と笑われてしまったのが恥ずかしかったのだ。

「カクテルの種類は、これからゆっくり覚えていけばいい」

「はい」

「俺なんて最初の頃は、カクテルの説明どころか、酒の種類さえ分からなかった」

「慰めてくれてありがとうございます。……日本酒なら完璧なんですが、それ以外に関しては努力します。覚えます」

「焦んなよ。最初からぜんぶできるヤツなんていねえんだから」

最初から気を張り過ぎると、長続きしない。

今までの経験から知っているのでそう言ってやったが、琥珀は「新さんに、仕事のできる男だと思われたいですから」と胸を張った。

「まあ、できないよりはできる方がいいわなー」

新は小さく笑って、店内に入ってきた常連客のもとへ向かい、席に案内する。

「久しぶりだね、井上君」

洋服に疎《うと》い者でも一目で高価と分かる生地のスーツを着こなした男は大滝《おおたき》修生《しゅうせい》と言い、クラウンガールの常連の一人だ。

「そうですね。お仕事は一段落したんですか?」

常連客は大体席が決まっていて、大滝を窓側の一番奥のテーブルに案内する。

彼はくるりと店内を見渡し、「僕ほどの霊能力者になると、自分の都合だけで仕事を休めないからね」とオーバーなリアクションと共に言った。

すると店内にいた他の客たちが「あの人、大滝修生よ」「有名な霊能力者なんでしょう?」「占ってもらえないかしら」と、彼を注目し始める。

「あの、大滝さん。ここで目立っても店長に叱られるだけですよ」

「その通りです、大滝さん。さっさと今日のオススメを食べて、金を払って帰ってください」

横から口を挟んだのは店長の橋本で、渋い表情で大滝を睨《にら》んだ。

「そんな怖い顔をしないでくれ、橋本さん。僕だって、人を否応《いやおう》なく惹《ひ》きつけてしまう美貌と優雅な所作さえなければ、地味に食事ができるんだ」

「あーはいはい。今夜のオススメは子羊の香草焼きと大きなしいたけのアヒージョですが、それで構いませんね?」

「サラダも付けて」

「夏野菜の焼きサラダですね。で、飲み物は？」

「チリの赤ワインでいい感じのを一つよろしくお願いします」

「かしこまりました。いくぞ、井上」

新は店長に引き摺られるようにして、キッチンに移動する。

大滝はぞんざいなあつかいに気分を害することもなく、笑顔で彼らに手を振った。

「……あーもう、あの人を出禁にしたい」

厨房にオーダーを通し、橋本は冷静に呟く。他の客に聞こえたら大変なので、とても小さくて低い声だ。

すると耳のいい磯谷が「しちゃえばいいのに」と包丁片手に言った。

「出禁にして店が呪われたら困るから無理。愚痴を言うくらい許せ」

店長と料理長が、お客様向けの笑顔を絶やさずに物騒なことをこっそり言い合っているのを見て、新は「顔に出ないのが凄いよな」といつもながら感心する。

店が呪われそうっていうのは同感。そういや父さんは「編集から聞いた話だと本物らしい。でも俺は好きじゃないなあ。悪いこと平気でやってそうだし」って言って、大滝さんが出てるテレビはすぐチャンネル替えてたっけな。

店長は「ワイン持ってくるわ」と言って、半地下のワイン倉庫へと向かった。

「君、新人なの？」

ワイングラスとサラダを持ってきた琥珀に、大滝は笑顔で尋ねた。

「はい。今日から働いています」

「店長の代わりにワインを持ってきました。どうぞ」

大滝はまだ琥珀と何か話したそうだったが、新は二人の間に割り込んで、笑顔でワインを少量注ぐ。大滝はグラスを傾けて一口飲むと「うん、いいね」と言った。

「新さん、今のはなんですか？　俺がやらなくていい？」

「テイスティング。お前にはまだ早い」

新はそう言うと、改めて大滝のグラスにワインを注ぐ。そして、ラベルを彼に向けてボトルをテーブルに置いた。

「開店当時からイケメンを揃えてるのは知ってるけどさ、今回はずいぶんと毛色の変わった子を入れたよね。オーナーは知ってるの？　店長の一存？」

「なんのことでしょう」

笑顔を浮かべて首を傾げてみせる。

大滝はじろじろと琥珀を見つめて「ヤバイんじゃない？」と真顔で言った。

「深山はオーナーの知り合いの息子さんで、そのツテでここで働くことになったんです。変な言いがかりは付けないでください」

「言いがかりじゃないよ。だってほら、僕は優秀な霊能力者だから、一般人には見えないいろんなものが見えるんだ」

「こいつに何かが取り憑《つ》いてるとか？　そういうことを言いたいんですか？」

新は琥珀を一瞥《いちべつ》し「一日一緒にいたけど無害でした」と言い返す。

「だからね、そうじゃなくて……何か凄いのがね……」

大滝が続きを言う前に、新は同僚に呼ばれ慌ててその場を離れた。

「あー……ここからがいいところなのに行っちゃったよ。ねえ君、深山君って言うの？　ねえ、人間の世界は楽しい？」

笑顔で尋ねる大滝に、琥珀は首を傾げて「おっしゃる意味がよく分かりません」と微笑む。

キラキラと星を纏うような微笑みを、大滝は直視せずに視線をずらす。

大滝の向こうの席にいた女性客たちは無邪気に「綺麗」と嬉しそうな声を上げた。

「今日は悪かったな。休憩もちゃんと取らせてやれなかったし、とにかく大滝さんを任せてしまった」

閉店後、従業員控え室のロッカーの扉を開けながら、新は琥珀に謝った。

「いいえ。ちょっと変わってるけど面白い人ですね」

「面倒臭い常連なんだよ、あの人は」

新がため息をつくと、古淵が「守護霊を見てあげるよとか一時期うるさかったですよねー」と小さく笑う。矢部はうんざりした顔で「能ある鷹なら爪隠せっての。俺はどうにも信用できないんだよな、ああいうの」とザックリと切り捨てた。

「一人の時に何か言われたか?」

「何も言われてません。大丈夫ですよ、新さん」

琥珀は目を細めて「えへへ」と笑う。

「……ずっと気になってたんだけどさー、深山って井上さんのことを名前で呼んでんの?」

着替えより休憩が先なのか、相原はソファに腰を下ろして琥珀を見上げた。

「はい。ちゃんと了解もらってますから大丈夫!」

「あー……やっぱ一番綺麗な顔と付き合うんだ。井上さんの他人に求める顔面偏差値の高さって凄すぎる。感心するわ、俺。末永くお幸せに」

「やめろ相原。こいつが泣きそうな顔するから、名前で呼ばせてやってるだけだ」

女性に恋愛感情が持てないから男性に走るのは浅はかだし、できれば一生誰とも友情以外の情は交わしたくない。

　自分が大概面倒臭いのは分かっている。だがここはハッキリさせておきたかった。

「ほんと、そういう恋愛とか面倒臭いことは、俺に関してはまったくない」

　きゅっと眉間に皺を寄せて言い切る新に、今度は矢部が口を開いたが、言葉になる前に古淵に頭を叩かれて終わる。

「俺はまだ何も言ってない！」

「言いそうだったじゃないか。あと相原も、人の事より自分の周りに気を付けろ。またストーキングされたらどうすんだよ」

　古淵のしかめっ面に、相原は「うぐぐ」と低く唸《うな》った。

　クラウンガールの従業員が端正な顔立ちの青年ばかりなのは周知の事実。そして相原は去年、数人の女性のグループにしばらく付け回されたあげく、自宅アパートを突き止められて、最終的に警察沙汰《ざた》になった。まさかうら若き女性たちが集団で空き巣を働くとは誰も思わなかったのだ。

「やめて。もう引っ越ししたくない。お金ない」

「だったら井上さんをからかうのはやめろよ。矢部もな？」

　矢部は無言で深く頷く。

「古淵はいい子だな。お前のような後輩がいる俺は幸せ者だ。お前は可愛い。今度飯を奢《おご》ってやる」

「ありがとうございます。あと、広川学先生のサインがほしいです！」

「本を持ってきてくれれば、いつでもサインをもらってやる」

「ありがとうございます！」

「お疲れ……って、なんなのこの不思議な空気は。矢部は大人しいし、相原はソファで死んでるし……また大滝さんに背後霊でも見られた？」

成瀬《なるせ》はサロンを脱ぎながら笑う。

その後ろには片倉《かたくら》や鴨居《かもい》、中山《なかやま》がいて「出入り口を塞ぐな」と成瀬の背中をバシバシ叩いた。

「ちょっ、やめてよ。体が資本なんだから」

「顔に傷を付けなけりゃいいだろ」

真顔で避《よ》けた成瀬に、片倉も真顔で言い返す。

「お前らうるさい。さっさと着替えて家に帰れ」

先に着替え終わった新は、つまらないことを言い合っている連中を叱った。

……で、なんで俺がこいつと一緒に帰るんだよ。店から駅までは分かる。最寄り駅はそこしかないからな。けど、電車を降りたあとまで一緒なのはどういうことだ？

新は心の中で何度も首を傾げ、右隣を歩く琥珀を横目で見る。

「お前の家って……」

「はい。最寄り駅が新さんと同じなんです。あそこのアパートに一人暮らししてますので、いつでも遊びに来てください」

琥珀が指さした先には、先月まで工事をしていた建物がある。窓枠や外装が凝っていて、てっきり今流行《はや》りのお洒落な雑貨店かカフェかと思っていたのだが、アパートだったとは。

「へえ」

「……そこは、『じゃあそのうち遊びに行かせてもらおうかな』じゃないんですか？　俺、一人暮らしは初めてなので寂しいのは嫌いなんです」

そう言った琥珀の顔は、新が白昼夢で出会った少女と同じ顔をして、唇を尖らせている。

なんだその、拗ねた顔。なんか可愛いな。

「だったら、遊びに来てくださいって言うもんじゃねえ？」

「え？」

「遊びに来てくれって言うなら、行ってやらないこともない。俺のうちから近いしな」

「来てください！　絶対ですよ？　ね？　もう約束は破らないで！」

今日会ったばかりで、なんの約束を破るのか。なんでこいつは、今度は泣きそうな顔をしているのか。

何かが心に引っかかる。今の琥珀の台詞《せりふ》を聞いて、白昼夢の少女の言葉を思い出して、やはり自分には絶対に思い出さなければならないことがあるようだと確信した。

「……でも、なんでお前なんだ？」

「はい？」

「俺が思い出さなくちゃならないことに、どうしてお前や、お前によく似た女の子が関わってくるんだ？」

「俺にも分かりません。でも、思い出したらきっといいことがあると思いますよ？　なんとなくそんな気がします」

琥珀はふわりと微笑んで、「ではお疲れ様でした、おやすみなさい」と、十字路を右に曲がっていった。

「いいことがあるって？」

白昼夢の少女には「どうして忘れた」と罵《のの》しられたのに？

「意味が分からない」

新はため息をついて夜空を見上げた。

「連絡なしのばっくれとか、歓迎会で散々タダ飯食ってタダ酒飲んだくせに、次の日にやめるとか、そういう連中も少なからずいた。だから新人歓迎会は、勤めて一週間後にやるって決めてるんだ」

成瀬は続けて「だから今夜のディナーはなし。みんなでお前の歓迎会だ」と、琥珀にそう言った。

「え？　俺の歓迎会……？　え？」

「よくあるだろ？　これから一緒に頑張ろうなっていう飲み会だ。店は店長が予約してある。厨房組は『飲み食いするならよその店！　よそ様の作ったご飯を食べたいから！　後かたづけしたくないから！』必然的によその店になる。深山は肉が好きなんだろ？　肉料理の旨い店らしいから楽しみだな」

バンバンと成瀬に背中を叩かれて、琥珀は「嬉しいです！」と顔を赤くする。

琥珀がクラウンガールに来て今日でちょうど一週間が経った。

新はあくびを噛み殺しながら、当番の「フロア日誌」を書いている。

……一週間持てば、大体ここでやっていけるからな。物覚えも早いし、俺がフォローに回ることもなくなってきたし、女性客受けも最高だ。いい新人が入ったもんだ。

今日一日の出来事を日誌に書き終え、ノートを閉じる。そして、先輩連中の中で笑いながら着替えている琥珀を見つめた。

あの白昼夢の少女は現れなくなった。その代わり、今度は毎晩夢の中に大型犬が現れる。

琥珀と似た手触りのモフモフの白い体毛だと思っていた毛は、実はうっすら茶色をしていて、牛乳をたっぷり入れたカフェオレのようだった。瞳は黒かと思ったら、角度によって金色に光って見える。綺麗な目玉だ。

大型犬は長い鼻先を新の腕に押しつけて、堂々と甘えてくる。「お前は人なつっこいな」と思わず笑ってしまうほどの全力の甘えっぷりを見せてくれた。

柔らかくウェーブしたたてがみに顔を埋めると、日光に干した布団の匂いがして気持ちがいい。このままずっと、こうしていたい……と思ったところで、いつも目覚ましが鳴る。

夢の中でしか柔らかモフモフを味わえないなんて悔しい。そんな気持ちを抱えたまま目を覚ますので、お陰で新はずっと寝不足だ。

「新さん。眠いの？　大丈夫？　少し寝ます？」

着替えを済ませてTシャツとジーンズ姿になった琥珀が、目の前にいた。

新は当然のように彼の頭に両手を伸ばし、夢に出てくる犬にするようワシワシと頭を撫でてやる。

「お前、ワックス使ってるのに何でこんなに触り心地がいいんだよ。柔らかモッフモフ」

「髪が全部吸収してるのかも知れないです」

「マジか」

「分かりませんけど、もっと触っていいですよ？　ついでに甘噛みさせてください」

「だめだ。お前を触ってると周りの視線が痛いんだ。俺はゲイじゃねえって言ってるのに」

「性別は関係なくて、俺を撫でるのが好きってことにすればいいんじゃないですか？」

「そうか！」

「はい！」

そこに橋本店長が現れ、「あー、楽しそうな所申し訳ないが、新、ちょっと来い」と困惑した表情で新を呼んだ。

新は琥珀の髪をぼさぼさにしたまま、手招きする店長のあとに続いてスタッフルームから出た。

「あのな。お前の母親が来てる」

階段を下りながらの店長の小声に、新の眉間に皺が寄った。

「俺は別に話すことはないんですけど。というか、あの人と二人っきりだと会話にならないので、俺の隣にいてくれますよね、店長」

「あ、あの！　それなら俺が。俺が新さんの傍《そば》にいます」

何を思ったのか、琥珀が二人を追いかけてきた。

「久しぶり！　相変わらず面白い顔してるわね、あんた。そっちの凄い綺麗な子は誰？　あんたの友達？　まさか恋人だったりして、ははは！」

会った途端《とたん》にこれだ。声はデカいしがさつだし、人のプライベートに首を突っ込んでくる。何で俺はこの人から生まれたんだろうと、疑問しか湧いてこない。

新はうんざりした顔で「なんの用？」と話を切り出す。

「一応血は繋がってるんだから、親子の会話ぐらいさせなさいよ。ところであの人、ちゃんと仕事できてんの？　若い編集の女子に手なんか出してない？　あの人さー、ヘタレのくせに女子好きだから」

店長の厚意で、一階のテラス席に腰を下ろした途端に、母は笑顔でマシンガントークだ。

「あの」

「でね！　近所のママ友にあの人のサインほしいって頼まれちゃったから、今度本を送るわね？　サインが終わったら着払いの宅配便で送ってくれればいいから」

「あのな」

「そうそう本題だったわよね！　私が今日ここに来たのは、綺麗な若い男の子たちを見たかったから……」

「だったら帰れ」

「ほんと、あんたって冗談も通じないのね。綺麗な子ならここに一人いてくれるからそれで満足。大満足よー。あなたのお名前は？」

いきなり話を振られた琥珀は「深山琥珀です」と言った。

すると彼女は「深山？」と呟いたきり、しばし黙り込む。

その間に、新は店長が用意してくれたミネラルウォーターを一口飲んだ。

「深山か。うちの母の田舎にも深山というお家というか御屋敷があってね、私が子供の頃によくそこの跡取り娘と遊んだわー。思い出しちゃった。懐かしい。今も元気かしら俊子《としこ》ちゃん」

「ああはい。母さんなら元気に一族をまとめてます」

「え！」

新とその母の驚きの声が重なった。

「うちの田舎は信州なんだけど！」

母はそう言って、なんの警戒心もなくするりと自分が生まれ育った家の住所を言う。すると琥珀も自分の家の住所を言った。

ああもう、こいつも警戒心がない。あとでしっかり言っておかないと大変なことになる。

新は心の中で先輩らしく誓った。

「あらー！　こんな奇遇なこともあるのね！　まいったわー！　凄いわー！　俊子ちゃんによろしく言ってね？　こんな大きな子がいるなんて、いつの間に結婚？　結婚式に呼んでくれればよかったのに！　うちの両親は何も言わないからさ！」

「結婚じゃなく、いろいろあったみたいなので」

　琥珀が申し訳なさそうに笑うと、彼女はすかさず「何か起きたの？　親に反対された結婚だったの？」と身を乗り出した。

「そういうのやめろよ。人んちの話に首を突っ込んでどうするんだよ」

「あら、だって気になるじゃない？」

　ああもう！　こういうあけすけなところが大嫌いなんだ俺は！　なんだよその好奇心は、子供か！　大人ならスルーしろ！

　新はテーブルを拳で叩いて「うるせえ」と言った。

「一人で怒っちゃってやーね。でね、今週末に燈《ともる》君が遊びに行くから世話をよろしくね？」

「燈って誰」

「あんたの義理の弟。私、子連れの人と再婚したって言ったじゃない。あの人から聞いてない？　でね、燈君に『血の繋がりはないけど、お兄さんがいるのよ』って言ったら、会いたいって……あれ？　新、頭痛いの？　どうしたの？　やーねえ、この子ったらどうしちゃったのかしら！」

　母は、テーブルに突っ伏した新の気持ちなど分かる訳もなく、「いつもこうだったのよ。言いたいことも言わないで」とため息をつく。

「新さんが言いたいことを言わないんじゃなくて、お母さんが新さんの話を聞こうとしてないんです」

琥珀が静かな声で言い、そっと新の左手を握り締めた。

「そんな矢継ぎ早に、たたみかけるように言われたら、何も言えなくなっちゃいますよ」

「あー……そうかもね。私は言いたいことをハッキリ言うけど、この子にはそれじゃダメだったのよねー。しまいには、大きな声を出す女の人が怖いって言って熱を出しちゃって」

彼女は昔のことを思い出したように肩を竦め、「幼稚園もちゃんと行けなかったのよこの子」とため息をつく。

「それから、何かあるとすぐ体を壊すようになってね。それで夫婦仲は悪くなるし、うちの両親からは『大事な孫だからしばらく田舎で預かる』って言われて頭にきちゃって大変だったのよ。今はね、ちょっとうるさい産みの母ぐらいに見てくれてると思うんだけど！」

「ほんとうるさい」

「言うようになったわねー。もう、熱は出ない？　白いわんこが見えたりしない？」

新は凶悪な表情で顔を上げ、「は？」と首を傾げて母を見た。

白いわんこだと？　白いって……。

「母さんから聞いたんだけど、あんた熱を出して寝込んでたときに、うわごとで『白わんこ』って言ってたって」

「それ……覚えてない」

「その方がいい。母さんは『大事な孫が山神様に連れて行かれる』って言って焦って尋常じゃなかったもの」

母とは没交渉だったが、母方の祖父母とは今でも笑いながら電話で近況を話し合う仲だ。その祖母が何も言わなかったということは、よほど孫の身を案じていたからだろう。

しかし、今ここで母が口にしたせいで、うわごとの「白わんこ」と夢に出てくる犬が繋がってしまったような気がする。

一度祖母に電話をかけていろいろ聞いてみよう。もしなんなら、休みの日に顔を見に行ってもいい。きっと歓迎してくれる。

「それじゃ、もう帰るね。燈君には、家の住所と電話番号を伝えてあるから」

彼女は琥珀に「またね美形君」と手を振って、スキップをするように店の庭から出ていった。

「………なんというか、自分に自由な人ですね」

「ああ。こっちこそすまない。身内の恥を聞かせた」

血が繋がっていることが信じられないが、両親との親子関係の鑑定結果は「百パーセントの確率で親子」だった。

話せば話すだけ話がこじれていくのだから、会いに来なければいいのに。

「新さんは子供の頃はよく熱を出していたんですね」

「ああ。……うん、そうだな、高熱で記憶が曖昧なところがあるから、追及されても答えられなかったんだ……。なあ深山、お前に年の近い妹か姉がいるか？」

「双子の兄ならいました。でも今は俺一人です」

その言い方に、新の口が一文字に結ばれる。

「あー……えっと、その」

「俺の言い方が微妙ですみません。ずいぶん昔のことなので、実は俺もよく忘れちゃうんです。家族構成を聞かれるときぐらいにしか思い出さないので、気にしないでください」

それでいいのかと心の中で突っ込みを入れたが、琥珀が涼しい顔をしているので、そう思うことにした。

「とりあえず、こっちの用事は済んだから歓迎会に行くか」

「はい！」

琥珀が笑顔で頷く。

新はよしよしと彼の頭を撫でて「やっぱ触り心地が犬と似てる」と独り言を言い、琥珀に「なんですかそれは」と突っ込みを入れられた。

見目麗《みめうるわ》しい男の集団に、道行く人たちがざわめく。

みな慣れたもので、「こいつら一体何者？」という視線を華麗にスルーした。

会場は、繁華街の雑居ビルの二階。

実は新しもの好きの店長が、最近オープンしたばかりの、口コミサイトにも評価の載っていない店を選んだ。

そしてなぜか、新人歓迎会と無礼講の飲み会が一緒になった。

居酒屋の、予約した個室に入った途端に店長が「今夜は無礼講」と叫んだからだ。

料理長の磯谷さん曰《いわ》く「今夜は嫁さんと子供が、嫁さんの実家に泊まりに行った」。つまり家に帰ってもひとりぼっちだから、ここで思いきり騒いでいこうという魂胆のようだ。

「無礼講でも、騒ぎすぎるなよ？　個室とはいえ、防音じゃないからな？」

新は、早速メニューを開いて好き勝手に注文しようとしていた後輩たちに釘を刺す。

厨房の連中も、自分が作ってもらう立場になれるのが嬉しいようで「店長、本当に何でも頼んでいいんですか？」といちいち聞いていた。

琥珀は新の隣にちゃっかり腰を下ろして、「何飲みますか？」と顔を近づける。

「おいこら深山。井上さんはみんなのものなので、独り占めしないように」

向かいの席の古淵に言われるが、「俺は独り占めしたいので、新さんとお付き合いします」と笑顔で言い返す。

「おいおい、言うようになったなー」

「だったら俺も井上さんと付き合うか」

「俺は井上さんに兄貴になってほしい」

「ははは。だめですよ。こういうのは先手必勝ですよ、先輩方」

この一週間で琥珀もずいぶんと馴染《なじ》んできて、今ではこんなバカな冗談も言えるほどだ。

うんうんと感慨深く頷いていた新は、自分の左膝に琥珀の右手が載ったことにぎょっとする。

穿《は》いているのが薄手のコットンパンツなので、すぐにじわりと体温が伝わってきた。

「おい成瀬、俺はビールな。中ジョッキ」

掘りごたつ式の座敷で本当に良かった。普通に胡坐《あぐら》をかいていたら接触はバレてしまう。

新は平気な顔で「ビールビール」と言った後で、眉間に皺を寄せて琥珀を見た。いや睨んだ。

「なんなんだ?」

「甘噛みをしちゃだめですか?」

琥珀は顔を寄せ、小首を傾げてから上目遣いで新を見つめる。

自分が美形だと分かっているからこその、あざとい技だ。キラキラして見える。

「お前な」

「俺のアパートは近所なのに、一度も遊びに来てくれないし」

「平日に行けるか。あ、鶏の唐揚げと、蒸しナスの南蛮漬けください」

新は笑顔で店員に言い、周りの連中が「どっちも四皿ください」と増量をリクエストした。

「お前はゲイなのか？　だとしたら俺は期待に沿えられない。偏見はなるべく無くす」

「違います。むしろ、俺にジェンダーは関係ないというか……うーん。とにかく、世界で一番新さんが好きということで」

人間として好かれるのは嬉しいが、だったらなぜ、自分の膝を撫で回していた手が徐々に太《ふと》腿《もも》に移動していくんだろう。

「好きの意味は、友達として好きっていうのと違いますからね？」

「お前、意味分かんねえよ」

「はい！　まずはお飲み物をお持ちしました！」

男性店員が二人がかりで、飲み物をトレイに載せて現れた。

みな歓声を上げそれぞれ手を伸ばしてグラスを受け取る。

「では深山琥珀君、一週間、よく勤めました！　これからもよろしくね！　せーの！」

店長のフリーダムな前置きで、みなグラスを持ちあげて「乾杯！」と叫んだ。

「よろしくお願いします！」

琥珀は笑顔でビールジョッキを空にする。

「おいこら。大丈夫か？」

「はい。俺、酒には強いんです。問題ないです。ビールもたまに飲むと美味しいですね」

大丈夫とは言っていても、いつ いきなり具合が悪くなるか分からないので、新は琥珀から目を離さない。

「このお通しの酢の物、結構旨いです。業務用の出来合いじゃないな」

「最初に渡されたおしぼりも熱々だったし」

「飲み物が出てくるのも早かったし」

よせばいいのに、みな職業柄、頭の中で店の採点を始めた。


「お前らな！　酒に弱いって知ってるなら、どうして量をセーブしないんだよ！　何度俺に同じことを言わせるんだ！」

一時間を回ったところで、フロア組が次々と沈没した。矢部と相原はトイレに行ったまま帰ってこない。

そして厨房組は気持ちよく居眠りをしている。

「まあまあ新、好きにさせてやれ。今のうちに寝ておけば、帰る頃には酔いも醒めているだろう。しかし琥珀は強いな」

淡々と、しかも旨そうにお猪口《ちょこ》を傾けている琥珀に、店長が声をかけた。

「ありがとうございます。いい酒が置いてあって嬉しいです」

「真顔で酔ってるとか？」

新も酔っていないが、彼の場合は飲む量をセーブしている。

「酔ってません。大丈夫」

「ならいい。店長、俺ちょっとトイレに行って矢部と相原を見てきます」

「一人で大丈夫か？　俺も行ってやろうか？」

磯谷が立ち上がろうとしたが、琥珀の「でしたら俺が」という声を聞き、座り直した。

トイレには二体の屍《しかばね》がいた。

矢部と相原は辛《かろ》うじて他の客に迷惑はかけていなかったが、二人揃って「もう帰りたい」とぐずりながら、トイレ前のベンチに腰を下ろしていた。

「お前らここから近いから、タクシーで相乗りして帰れ。それが一番確実だ」

「井上さーん」

「俺も頭撫でてー」

二人の酔っぱらいは自分の頭を指さしてから「深山だけズルイ」とハモった。

「俺はずるくないです。俺の教育係は新さんなんですから」

「おい深山、酔っぱらいに威張ってどうする」

「あはは。すみません」

「……にしても、こいつらはもう帰らせないとダメだな」

タクシーに乗せるのはいいが、乗車中に吐いたら大変なことになる。新は、自分も一緒に乗り込んで、それぞれのアパートまでついていこうか……と考えた。

「あのね、新さんが一緒についていかなくても大丈夫。矢部さんも相原さんも、もう酒は抜けましたよ。ね？　そうですよね？　矢部さん、相原さん」

琥珀が言葉を発した途端、周りの空気が「繁華街の雑居ビル」から「神社の森」へと変化した。青く高い空に、木々の間を流れる清々しい風、名も知らない鳥たちのさえずりが、新の頭の中で広がっていく。

「え……？」

足元には、辛うじて残っている石畳。雑草で荒れた参道。新は「ここ」を知っていた。夢で知っているだけじゃない。「ここ」には実際何度も訪れている。

どこだ？　俺はここを知っているぞ？　なのに思い出せない。なんだよ、俺にとって大事な場所なのか？　だから何度も出てくる？

「はー……すっかり酒が抜けたっ！　よかったー、一時は救急車で病院に運ばれちゃうかと思ったよ」

「俺も。しかし、いつになったら酒に強くなれるのかな」

ベンチに腰を下ろして屍状態になっていた矢部と相原は、ずいぶんとスッキリした顔で勢いよく立ち上がった。

「おい！　本当に大丈夫なのか？　ってお前ら」

立ち上がって貧血でも起こしたら……と両手を差し出した新は、二人にそっと握手をされて思わず笑う。

「いつも俺たちのことを心配してくれてありがとう、井上さん。今日はもうソフトドリンクで食事します。あ、深山もわざわざ来てくれてありがとうな」

「あやうく新人を体力要員に使うところでした。もうすっかり元気。腹減った」

彼らは笑顔で「メニューにステーキがあったな」「俺、寿司食いたい」と言って、しっかりとした足取りで自分たちの個室へ戻っていく。

「二人ともすっかり元気になってよかったです。さっき俺がトイレに行ったときなんか、別の部屋の女子たちから『イケメンがダウンしてるから、介抱するふりしてホテルに連れてって、既成事実とか作っちゃう？』って猛獣のような目つきでコソコソ話をしてましたから」

なんだそれおっかねえ！　あー……やっぱ、そういうこと言えちゃう女とか、恋人にできるわけない。友達止まりで充分だ。

新は頬を引きつらせて、「ギリ、セーフだったな」と安堵のため息をつく。

「はい、いろんな意味で」

「ん？」

「だって新さん、送っていこうかとか思ってたでしょ？　俺の歓迎会なのに、俺を構ってくれないのは酷いと思います」

「いや別に、みんなに歓迎してもらってるからいいじゃないか」

「俺は新さんに一番歓迎してもらいたいんですー」

拗ね顔が似合う美形はいないと思っていたが、この男はよく似合う。苛つかずに可愛いとさえ思う。腕に腕を絡ませる自然な仕草もいやらしくない。

……は？　腕を絡ませる？

気がつくと、琥珀が新の右腕にしがみついていた。

トイレに行く途中の女子たちが、それを見て「きゃっ」と嬉しそうな声を上げている。

「誤解されんだろ、離せ」

「女子が嫌いなら別に誤解されたままでもイイと思う」

「嫌いなヤツでも誤解はされたくねえよ」

「まあ、なんというか……顔がいいから許されるってこともいっぱいあります。『ただし、イケメンに限る』ってフレーズもあるし」

無邪気に笑って言うことか、おい。

クラウンガールに勤めているので、自分もそこそこ整った顔をしているという自覚はあるが、だからといって自分の都合のいいように使おうとは思わない。

（ただし、地元の商店街で買い物をしたときにいただけるオマケに関しては別だ。家計を預かっている身としては、いくらでも笑顔を振りまく）

「店のお客さんもそうだけど、にっこり笑顔を見せればそれでなんでも解決するので、使える物はなんでも使おうかと」

「気持ちは分かるがな、そういうことは心の中に収めておけ。この腹黒」

「俺の心は真っ白です。夏の空の入道雲のように、冬の山に積もる雪のように、そして触り心地は最高」

「はいはい。戻って飯食うぞ。腹減ってきた」

「はあい。俺は肉があればそれで幸せです」

琥珀はそう言って、ぎゅっとしがみついたまま歩き出す。

「やーめーろー」

「いつも俺に触るくせに、新さんは俺に触られるのはいやなんですか？　それって不公平」

なんだそれは。俺は頭を撫でているだけだ。人が聞いたら誤解しか生まないことを言うんじゃねえ！

新は頬を引きつらせて心の中で叫ぶが、琥珀はまったく気にせずに自分たちの部屋まで歩いた。おかげさまで、部屋に入った途端に橋本店長から「新郎新婦のご入場です」と言われる。

彼は「子供はー、三人はほしいですー」などとふざける琥珀の頭を叩いただけで疲れた。

「……うん。もうすぐ家につく。……いや別にいいから、仕事しててくれ。うん、明日は休み。だから……あーもう、大丈夫だって。迎えに来る時間があったら原稿書いてろ」

念のためにと父に電話をしたのが悪かった。

二十三歳なのに、初めてのおつかいをする子供のような対応をされる。なにが、今から迎えに行くだ。そんな時間があったら仕事をしてくれ。

新は携帯端末をコットンパンツのポケットに入れると、さっきからニヤニヤと笑っている琥珀にバツの悪そうな顔を見せた。

「新さんが大事にされててよかったです。お父さんとは仲がいいんですね」

「あー……仲がいいと言うより、放っておいたら飯も食わねえで仕事するから、それが心配で一緒に暮らしてる。あと、まあ、アレだ。俺は母親と合わないし」

あの母親と会わせてしまったので、今更取り繕うこともないと、新はため息をつく。

「それにしても俺の実家と、新さんの母方の実家が近くて驚きました。今度、うちに遊びに来てください。歓迎します」

「母方の実家は『田中《たなか》』って言うんだ」

「知ってますよ、田中さん。俺、母に言われてたまに野菜を届けに行ってましたから」

自分の畑で育った野菜を知り合いに配るのは、よくある田舎の交流だ。

だが琥珀と自分の祖母が関わっていたとなると、不思議な縁を感じる。

だからついでに、まさかなあと思いつつも聞いてみようと思う。

「なあ深山」

「はい？」

「お前んちでさ、犬飼ってたか？　白くてでっかいの。俺の祖父母の家に遊びに来ちゃうようなヤツ。こうな……もっふもふで触り心地がいい感じのさ……」

もしかしたら、夢に出てきた犬は、昔出会っているのかもしれない。

琥珀は一瞬きょとんとした顔で新を見つめ、次の瞬間「触ったことあるんですか！」と大声を出した。

「触ったけど夢だ！　すっごい触り心地が良くて、いつも起きるのが惜しかった。あんな具体的に夢に出るんだ。俺は絶対にあの犬に会ってると思うんだよ。……あ、酔ってないからな」

「白い犬って……これぐらいの大きさ？」

琥珀が右手をすっと下ろした先に、夢で見たのと同じ犬がいた。

「えっ！」

「本当はね、真っ白じゃないんです。薄い茶色というか、毛先なんかほら、茶色いでしょ？」

「いやそういう問題じゃねえ！　この犬、どこにいた！」

深夜の近所迷惑など考えている暇はなかった。

駅から出て、二人でのんびりと歩いていた。

終電の一本前で、降りる人も乗る人も少なかった。大通りにはもう車は殆どなく、そこを一本横に入ってからは、行き交う人など一人もいなかった。

犬はすっくと後ろ脚で立ち上がり、太い前脚を新の肩にかける。思っていたよりもでかい。

「うはっ」

少々情熱的に顔を舐《な》められて、「こら、酔いは醒めたけど俺はまだ酒臭いぞ」と笑う。

「なんか、妬《や》ける」

「何言ってんだ。こいつ、お前の犬？　どうやってここに来たんだ？　名前は？」

「琥珀です」

「お前の名前じゃなく」

「そいつの名前……」

「犬と同じ名前を付けられたのか？」

「違います。訳が知りたかったら、田舎のお祖母さんにでも聞いてみたらどうですか？」

琥珀は怒っている。

どうして怒っているのか知らないが、新に対して苛立ち、怒っている。

「おいどうした」

新は犬を撫でながら首を傾げた。

「なんでもありません」

自分の肩に両前脚をかけていたのは犬だったはずだ。なのにどうして、今は琥珀がいる？

酔っているなら、すべては酒のせいで片づけられるのに。

「いっぱいヒントがあるでしょう？　新さんもちゃんと頭を使って、そして思い出して。やっぱり、もう一度お友達から始めるのは俺が辛いよ。ねえ、いつまでも俺と一緒にいてくれるって約束したのに、どうして忘れてるの？」

いつそんなこと言った！

新は目をまん丸にして、琥珀から離れようとした。

「また俺から離れるの？」

「またもなにも、お前と会ったのは新人として店に来たときが初めてだ！」

「忘れてるだけだって！　でも俺は何もできない。新が自分で思い出してくれないと、約束は反故《ほご》にされてしまうから」

腕を掴まれ、力任せに抱き寄せられる。

こいつほんと、いつもいい匂いがする……じゃなく！　なんで抱き締められるんだよ！

もがいても逃げられない。

この、細身のしなやかな体のどこに、男一人を抱き締め続ける力があるのか。

「俺が偶然、クラウンガールに来たと思ってる？　俺……あなたに会いに来たんだよ？　それなのに……」

「そんな綺麗な顔なら、忘れる訳ねえだろ！」

「でも忘れてるじゃないですか！　『初めて会いました』って目で見つめられたときの俺の気持ちが分かりますか？　ほんと……俺可哀相《かわいそう》」

抱き締められて恨み節は聞きたくない。

新は本当に何も覚えていないのだ。

「なあおい深山」

だが琥珀は無言。

「おいって……」

やはり返事はない。

これはもう最後の手段を取るしかない。

「えっと……琥珀」

「はいっ！」

元気のいい嬉しそうな声を夜空に張り上げて、琥珀は少し力を緩めて新を見た。

「新と一緒に生きていくなら、あのときの続きからがいい。ね？　だから……」

とろけるような微笑み。素直に綺麗な顔と思えた。ゆっくりと近づいてきて目の焦点が合わなくなったから、思わず目を閉じた。

唇に触れた、少し湿った柔らかな感触。

なあ、俺さっき、犬に顔舐められたんだけど、それなのにキスしても平気なのか？　なんて最初は余裕の思考だった。

しかし自分がキスをされているとそこでようやく気づき、慌てて抵抗するが遅かった。

琥珀の柔らかな舌が口の中に入ってきて、新の舌を捕らえる。

気持ち悪いはずなのに。本当なら気持ちが悪いはずなのに。けれど新は感じてしまった。

生まれて初めての衝撃と快感に、頭の中が真っ白になって体から力が抜ける。

「新……？」

「ばかお前……なんてこと……しやがるっ、男同士だぞ……っ、くっそ……」

「でも新は嫌がらなかった。昔と同じだ」

「はあ？」

確実に、絶対に、今のキスがファーストキスだ。こいつは何を言ってるんだと、思わず伏せてしまった顔を勢いよく上げて、腰が抜けるほど驚いた。

琥珀の頭に耳が生えている。

顔の横には人間の耳、頭には柔らかそうな毛の生えた、ピンと立った獣の耳があった。

「お前……人間じゃなかったのか？」

「思い出してくれた？」

「……耳。今までずっと隠していたのか？　人間の社会で生きていけなくなったら困るから、実は妖怪なのを隠して生きてきたのか？」

琥珀は慌てて両手で耳を隠したが、新はもうばっちり見てしまった。

「あの、これはですね……」

「俺の考えていた話のネタとモロかぶりしているんだが……まあこれはもう、ノンフィクションを装った小説ということにすればいいか。うん」

「新さん、混乱しないで」

琥珀に肩を掴まれて前後に揺さぶられる。

「いや、もう、だって、人間の頭に動物の耳が付いてる段階で……俺のキャパいっぱい……」

「……子供の頃はなんでも、俺のことは全部受け入れてくれたけど、今はだめなんですか？」

「お前の正体は……一体何なんだよ。それも言ったら駄目なのか？」

「俺、人間じゃないです。子供の頃の新さんを知ってます。深山のお母さんは俺の恩人です」

「そうか、分かった。あとは俺が、いろいろ考える。それでな深山」

「なんですか？」

「尻尾も出てるんだけど、それ、触ってもいい？」

新は、琥珀の立派な尻尾をうっとりと見つめる。

「え……！　今、尻尾を触るより凄いことをしたのに！　俺は新さんにキスをしたんですよ？」

「あ、ああ。気持ちよかったぞ。だから尻尾」

キスよりも、琥珀が「人外」であることの方が凄い。しかも、夢の中で撫でくり回した犬と同じモッフモフな尻尾だ。

驚いた分をここで取り返したいと、「どうぞ」と差し出されたゴージャスな巻毛尻尾を慎重に両手で包み込む。

「あああ……」

なんて気持ちがいいんだ！　なんて柔らかいんだ！　頬ずりしたいが、それをやったらさすがに引かれるよな？　まあいい、今は思う存分、この尻尾を触る。

モフモフモフモフモフモフ。

「新さんに触ってもらえるのは嬉しいんですが、俺としてはとても複雑な気持ち」

「何がだよ。こんな凄い尻尾なんだぞ？　誇れ。自分を誇れ！」

「確かに誇れる尻尾ですけど……」

「俺以外の前で、耳と尻尾は出すなよ？　絶対だぞ？」

「当たり前じゃないですか……」

琥珀は「もー」と牛のような声を上げる。

新は彼の尻尾を優しく撫でながら、家に帰ったらすぐに父親に子供の頃の話をしてもらおうと心に決めた。

自分と琥珀の間に何があったのか、実際、どんな関係だったのかをハッキリさせたい。

そして琥珀の正体も知りたいと思った。

「ごめん。その頃のぼくは、仕事と離婚問題で、家庭のことはよく覚えてないんだ。田中の祖母ちゃんが一番詳しいと思う。明日になったら電話をしてみればいい。きっと喜ぶよ」

ああはい。

なんとなくそんな気はしていたが、父の口から出た言葉からは何も得られなかった。

やはり明日になったら、祖母に電話しよう。

「ところでさ、新」

「なんだよ。夜食か？」

「違う。この時間に食べたら太るでしょ。なんか凄くいい匂いがするんだよね、新が。白檀《びゃくだん》みたいだけど、あれほど甘くなくて、柑橘《かんきつ》系のような爽やかさがあって……初夏の風のように清々しい。なのにどこかノスタルジーを感じる。いいね。いい匂いだね。どこのメーカーの香水だい？　めちゃくちゃモテそうな香りなんだけど」

言えない。

絶対に言えない。

さっき人外の美形と抱き締め合ってキスしてました。多分その時に、その人外の匂いが移ったんだと思います。そして尻尾を思う存分触ってたら、またキスされました……なんて、絶対に言えない。

新は笑顔で「移り香らしいけど、誰かは知らない」と答えて、父をガッカリさせた。


風呂から上がっても、琥珀の移り香はついたままだ。

「あいつ、本当に人間じゃなかったんだな……」

Tシャツに短パン姿でベッドに腰を下ろし、水の入ったペットボトルを転がして、ふうと息をつく。

頭に耳はあったし、尻には尻尾がついていた。一体俺とどこで出会っていたのか、それが無性に気になる。

「なんで思い出せないんだろう」

子供の頃に頭を強く打ったのか、それとも……よっぽどショックなことがあったのか。

新はベッドに寝転がり、低く唸ってから勢いよく起き上がった。

そういえば父に、義理の弟が来ることを言っていない。在宅の父が義弟を出迎えることになるだろう。

部屋を出て素早く階段を駆け下り、「父さん」と呼びながら一階奥の父の書斎の扉を開けると、そこには、大きな白い犬を抱き締めて喜んでいる父の姿があった。

「おい！」

「あ、ああ、新。かわいいんだよこの子。迷子になったらしくて裏庭でうろうろしているところをね、窓を開けて呼んだら尻尾を振って部屋の中に入ってきたんだ。凄くいい匂いがするから、飼い犬かなあ。毛並みはふわふわモフモフで気持ちいいし……」

クンクンハフハフと父に媚《こび》を売っている犬は、新が数十分前に別れたばかりの職場の後輩で、人外の琥珀だ。間違いない。

「いや、犬はいいから。……今日、母さんと会って、義理の弟が今週末俺に会いに来るって言ってた。家に来ると思うから、父さんが適当に相手をしてやって……って！　俺の話を聞けよ！」

さっきから「うん」と頷きながら、犬の毛並みにうっとりしている父に怒鳴るが、彼はまったく動じない。

「眉間に皺が増えるよ。しかし、この子はどうしようね？　警察と動物愛護センターに届け出を出して、それでも飼い主が現れなかったらうちで飼う？　飼いたいよね？　こんな立派な毛並みの犬だ。最初はサモエドかと思ったんだけど、サモエドにしては体毛が違うんだよね」

「あのな、俺の義理の弟……」

「ああうん。適当に相手をしておく。もしかして泊まりに来るの？」

父は少し困った顔で、「ぼくは料理が作れませんがね」と付け足した。

「子供じゃないんだから適当に外で食うだろ」

「年とか聞いてる？」

「聞いてないけど、あー……その時はその時だ。飯の用意が増えても別にいいし、デリバリーもある」

「父さんはデリバリーはあまり好きじゃない」

「いい年をして好き嫌いするな。そして、その犬をこっちに渡して仕事しろよ。原稿遅れてるんだろ？　かわいい息子のお願い聞け！」

そう言われては父も犬を手放さざるを得ない。

新は犬の首を乱暴に撫でて、「足の裏を洗うから、こっちに来い」と風呂場に連れて行った。

　風呂場で犬の足の裏を洗ってから、取りあえず二階の自分の部屋に連れて行く。

　居間に放っておくこともできたが、また父にふらふらと書斎を出て犬と遊ばれては困るので、二階に上がらせた。

「おい、琥珀」

「はい！」

　犬が喋るという非現実を前にしても、新はひるまない。眉間に皺を寄せて犬を睨み、「どういうつもりだ？」と低い声で問う。

「新さんと離れたら、急に寂しくなって、匂いを追ってここまで来ました」

「なんなんだよお前。妖怪がフラフラ出歩いていいのか？　誰かに退治されたらどうすんだよ。……いや、もしそういう連中が現れたら、俺も一緒に退治されるのか？　いや待て、そうなる前に逃避行かよ。その体験を旅行記としてまとめれば、一冊書けるな……」

　新はブツブツと独り言を言いながら、ローテーブルの上に置いてあるノートパソコンを立ち上げて、ワープロソフトを起動させる。

「あの、俺を放って別のことをしないでください。ほら、撫でていいんですよ？　ね？」

「ちょっと待て。そこにある水でも飲んで待ってろ」

　キーを操作して新しいページを出し、今思ったことを素早く打ち込んだ。

「この前は二次通ったんだよ。けど、あと一歩だったんだ。今年は、何でもいいから賞がほしい。できれば、読者賞とかいいなあ。やっぱ読者に面白いって言われるのが一番嬉しいし」

「……小説ですか?」

「おう。住まいや名前で広川学の息子だってバレないように、田中の祖母ちゃんちの住所を借りて、創作活動をしてる。でもまあ、親父《おやじ》の世話や店のことがあるから、長編を仕上げるのは年に一度がいいところなんだ」

パチパチと、薄焼きセンベイのような繊細なキーボードを力強く打ちながら、新は照れくさそうに琥珀に笑いかけた。自分が本当にしたいことを誰かに言ったのは、田舎の祖父母以外では琥珀が初めてだ。

「でも、頑張りたい」

犬は何度も頷いて、新が瞬きをする間に人間の姿に戻る。

白い着物と白い袴《はかま》姿。袴には紋らしきものが刺繍《ししゅう》された立派なものだ。けれど、端々は煤《すす》けて汚れ、所々にほころびがある。もとは大層立派なものだろうに、ずいぶんと薄汚れていた。

新が目を丸くして驚いている前で、琥珀は暢気《のんき》に「凄いな。新には夢ができたんだ……。俺はその夢を新の傍で見ていたい」と微笑む。

「お、お前……その恰好……」

「あー……気を抜くとすぐこうなっちゃうんだよな、俺。驚きました? ごめんなさい。これが俺の正装です」

綺麗な顔なのに着物が汚れている。これを見るのは初めてじゃない。着物の種類は違っているが、初めてじゃない。

「俺に文句を言いに来た子供も……立派な着物を着てたんだ。でもその着物は汚れてた。今のお前の着物みたいに」

「子供？」

「美少女だ！　子供の頃に出会っていたとしたら、多分あれは俺の初恋だな。覚えてないけど、絶対にそうだ。……なあ琥珀。お前の仲間に女の子は……」

「女性はいません。一人も。俺は一人です。仲間はいましたけど、でも、今の俺は一人です。長い間ずっと一人で存在してました」

琥珀の目がすっと細まり、どこか遠くを見た。

「……どれくらい、一人でいた？」

「さあ。途中で数えるのをやめました。……あれ？　なんですか？」

琥珀が指さしたところには、コーヒーの空き瓶がある。中には、子供の頃に集めたビー玉が入っていた。

「ビー玉。そんな綺麗な色のはないんだけど、捨てられなくてさ。だから部屋に飾ってる」

「すごい……綺麗！　いっぱい増えたね！　どうやって増やしたんですか？」

琥珀は膝で歩いて、カラーボックスの上に載っていた瓶を片手で掴んで傾ける。

青や緑の小さなガラス玉が、小さな音を立てて動いた。

「綺麗」

琥珀は明かりに透かして、じっと見つめる。

「一番綺麗なヤツが入ってないんだよ。駄菓子屋のくじ引きで当てたヤツ。緑がかった青で、中に幾つも気泡が入っててさ、海の水を閉じ込めたみたいな綺麗なビー玉なんだけど、誰にくれてやったのか覚えてない」

中に気泡が幾つも入ったビー玉など、今考えてみれば不良品もいいところだ。だが子供の頃の新には、そのビー玉は世界で一番綺麗に見えた。

「俺持ってます。ねえ見に来て、新。俺のビー玉。ね？　凄く綺麗なんだ。俺の大事な宝物」

「は？」

「明日は店が休みでしょ？　だからこのまま泊まりに……」

「ふざけんな。明日はいろいろやることがあるんだ。掃除と洗濯もある。父さんに飯だって作らなきゃならない。それに、小説も書きたいんだよ」

「小説なら俺の部屋で書けば？　ねえ新」

「新さん、だろ。勝手に呼び捨てすんなよ、妖怪」

「俺は妖怪じゃない……っ！」

「じゃあなんだよ。驚かずに聞いてやるから言ってみろ」

だが琥珀は俯《うつむ》き、自分の薄汚れた着物をじっと見つめて「思い出してくれないと」と小さな声で言った。

「俺が思い出せば、お前のその汚いなりもどうにかなるって言うのか？」

琥珀が小さく頷く。

「だったら……あのな、焦るな。そして俺を急《せ》かすな。俺だって気になってるんだ。だから田中の祖母ちゃんに電話をしていろいろ聞いてみるから。だからもう少し待ってろ」

「……その間に、新さんに恋人ができたら俺は捨てられるの？」

「はい？」

「俺は弄《もてあそ》ばれたあげくに捨てられるんだ……」

「人聞きの悪いことを言うな。あと恋人なんて面倒臭い物は別にいらない」

「じゃあ性欲はどうやって処理するんですか？　気持ちのいいことが嫌いな人間なんていないでしょ？」

何を言うかお前っ！

新は顔を赤くして琥珀の頭を叩いた。

「そ、そういうのは……」

「俺が気持ちよくしてあげるから、浮気なんてしないでください」

琥珀はビー玉の入った瓶をローテーブルの上に置き、小さなため息をつく。とんでもないことを言ったわりには、自信なんて微塵《みじん》も見えない。

「お前、バカだな」

よしよしと頭を撫でてやると、犬の耳が出てきた。

「とにかく待ってろ」

「俺、新が好き」

「うん」

「思い出すの待ってる」

「頑張るから、お前も妖怪だってことを人間にバレないようにしろよ？　せっかく人間の世界に来たんだから、もっと楽しんでいかなきゃソンだろ」

「はい」

琥珀の頭を撫で続けていると、気持ちがよくて眠くなる。

犬の姿じゃなくて、今は綺麗な人間なのに変だな。でもほんと、手触りと指触りがいい。

「お前、今夜泊まっていけ」

「え」

「そして、明日になったらお前の家に行ってやるから。な？　一緒に寝てやるから寂しくないだろ？」

「新さんっ！」

　いきなり琥珀に飛びつかれて、床に転がった。

「凄く嬉しいです。新さん！　新さん！　新さん！　大好きっ！」

　ぎゅっと力任せに抱き締められたが、「離れろ」と怒鳴るほどいやじゃない。むしろ、ここまで好かれてちょっと嬉しい。人間じゃなく人外に好かれるってところが、自分の中にこっそりと潜んでいる「厨二心」をくすぐってくれる。しかも琥珀はとても綺麗なのに男なので、変な緊張を強《し》いられることはないのだ。

「分かったから、ほら、寝るならベッドだ」

「うう……離れるのが勿体《もったい》ない……」

　見ると琥珀は尻尾まで出してパタパタ動かしている。

「綺麗な男は、犬耳と尻尾を付けてても似合うんだな。すごいわ。その恰好で寝るのか？　かしこまってて苦しくないか？」

「裸でも構いません」

「それは待て」

「えっと、じゃあ……こんな感じ？」

　目の前で琥珀が数回手を叩く。すると彼の着ている服がTシャツとハーフパンツに替わった。

「なんだそれ！　おい！　すげえな人外！　魔法？　妖術？　俺の服も替えられる？」

「これは神通力というものです。今はまだ人様に干渉できる力はないです。せいぜい幻覚とか、そこまでかなあ……」

「まだ力がチャージできてないってことか。それってもしかして……俺のせい？」

「隠しても仕方がないんで言いますね。そうです」

笑顔で言われて、新がしょっぱい顔になった。

マジか、と、唇が動いてしまう。

「でも苦労はしてません。人間みたいで楽しい生活です」

「そうか。……分かった。とにかくもう寝よう。考え事は昼間の方がはかどる」

そう言って、新はノートパソコンを閉じてベッドに寝転がった。

「ほれ、琥珀」

ポンポンと自分の横を叩いてみせると、琥珀は頬を染めて嬉しそうにベッドに上がる。

「お前、ホント、犬だ。妖怪じゃなく犬の幽霊だろ。触れる幽霊」

枕元に無造作に置いてある照明のリモコンを掴み、ボタンを押して明かりを消した。

「おやすみ、琥珀」

「おやすみなさい、新さん」

新のベッドはセミダブルだが、成人男性が二人並んで寝るには少し窮屈だ。肩や腕、足が自然と触れ合う。

冷房がほどよく効いた部屋の中では、互いの体温が気持ちよかった。

遠くで、携帯端末のアラームが鳴っている。あれは多分、目覚ましのアラームだ。だが新は起きられなかった。とても気持ちのいい夢を見た。モフモフの柔らかなベッドの中でニコニコしながら眠っている夢だ。世界的な富豪でも、こんな素晴らしいベッドは持っていないだろうと思った。それほど、最高の寝心地だったのだ。

「ん……」

アラームは一旦止まる。あと五分したらまた鳴り出すだろう。それまでは、この心地よさを堪能したい。滑らかで、柔らかくて、思わず口から吐息が零れ落ちる。

「新さーん……電話うるさいです……」

新の腰にしがみついて眠っていた琥珀が、情けない声を出した。

「もう鳴ってない」

「はぁい」

妖怪でも寝ぼけるのか、ずいぶんと間抜けな声を出す。

……図体《ずうたい》はでかいのに、なんか可愛いな。

新は左手で琥珀の頭を撫でながら、大きなあくびをした。

ずいぶん前にも、こうして二人でいたような気がする。多分気のせいじゃない。この妖怪がすべてを語ってくれたらスッキリするのに、何の約束をしたのやら口が固い。

「眠い」

どうせ今日は、いつもと違って朝昼兼用の食事になる。あと二時間は寝られるはずだ。

「新さん……」

なんの夢を見ているのやら、琥珀が眠ったまま微笑んでいる。

「俺は一体何を忘れているんだろうな」

琥珀の力が使えないほどなのだから、きっと重大なことだ。それについては申し訳ないと思う。でもな琥珀……と、新は彼の頭を撫でながら「お前が女じゃなくて本当に良かった」としみじみと呟いた。

世の中には素晴らしい女性が大勢いることは分かっている。新の女性の友人も「もったいないよね、井上」と笑った。

理性では分かっているのだが、感情がどうしても「女子は友人まで」と言って聞かない。お節介な友人は「カウンセリングに通えば？」と言うが、どうしても結婚しなければならないわけでもないし、今の状態で生活に支障をきたすわけでもない。

だからいい。

女性と付き合うことはなくても、こんなに綺麗な顔をした人外が傍にいて、自分を好きだと言ってくれるならそれはそれでいいかと思う。琥珀が人間だったら話はちょっと変わってくるが、人外だし。やはり人外という響きがいい。

「俺って実は特殊嗜好だったのか……」

思わず口から出た呟きに、琥珀が体を起こして「どうしたんですか？」と尋ねる。

寝起きの顔が無性に可愛かったので、思いきり頭を撫でたら犬耳がぴょこんと出てきた。

「なあお前、犬の姿になれば？　朝の散歩行こう」

「あの……俺は犬じゃないんですけど」

「じゃあ狼？　もっと妖怪っぽくなった」

「もっとこう、神聖な………………あー……もういいです。神聖な生き物やめます。狼は赤ずきんちゃんを食べちゃうんですよ」

琥珀はぼさぼさ頭でそう言うと、左手を伸ばして新の頭をそっと撫でた。

「けど、猟師に腹を裂かれて？　あれ？　撃たれるんだっけ？　とにかく死ぬぞ」

「俺は死にません」

「マジか。すげえな妖怪」

「でも、そのうち消えると思います」

琥珀の指がするすると新の頬を撫で、ちょっと困った顔で笑う。

「俺が思い出さないから？」

「内緒」

そう言って、琥珀がのし掛かってきた。そのままそっと新を抱き締めて「早く俺のものにしたい」と囁く。

「そんな切羽詰まった声で言うなよ。変な気分になる」

「なってくれてもいいです。そうだ、いっそ、このままセックスしましょうか？ ショック療法で思い出すかもしれない」

確かに勃《た》ってはいる。だがこれは朝の生理現象であって性欲は伴わない。

新は「できねえと思うぞ」と小さく笑って、琥珀の頭を両手で撫で回した。

「不感症でなければ大丈夫だと思います。俺がうんと気持ちよくしてあげますよ？」

「ショックがでかすぎて、お前のことが嫌いになるかもよ？」

「そうなったら、俺は大人しく消えます。ね？ だって嫌われたら、俺が新さんの傍にいる理由がなくなってしまう」

Tシャツの中に琥珀の手が入ってきて、直に肌を撫でていく。

優しく慎重に、新を気遣っているのが分かった。

「俺……初めてなんだけど？」

「分かります。凄くいい匂いがしますから、新さん」

「お前の方がいい匂いする……、んっ」

思わず変な声が出てしまって口を噤《つぐ》むが、琥珀が嬉しそうに目を細めたのが悔しい。

「なんだよ……っ、その顔っ」

「嬉しくて。昨日の夜みたいにキスしていいですか？」

嬉しいと言いながら泣きそうな顔をしているのに気づいていないのだろうか。新はその表情に罪悪感を覚えてしまい、何も言えずに琥珀を見上げる。

多分、キスをしたらなし崩しにセックスをしてしまうような気がする。それほど、琥珀のキスは気持ちが良かった。

女子は友達までと言っていても、新は決してゲイではない。けれど今は、琥珀の言うとおりにしてやりたいと思う気持ちが強かった。

「俺とキスして、気持ちよくなって、ゆっくり昔のことを思い出してくれると嬉しいなあ」

頭にある犬耳がひょこんと動く。

ヤバイ、可愛い。そして自分でさえ知らなかった「特殊性癖」が首をもたげた。

「人外とセックスしちゃうのかよ、俺」

「虜《とりこ》にしてもいいですよ？」

Tシャツが首までたくし上げられ、ハーフパンツも足の付け根まで下ろされる。

相手が人外でも男には違いないので、勃起した陰茎をまじまじと見つめられるのは恥ずかしかった。

「そんなに、じろじろ見るな……」

「だって新さん、凄く美味しそうだから」

こんな恥ずかしい台詞がさらりと口から出るのは、琥珀が人外だからと自分に言い聞かせる。

顔や耳が熱くて、赤くなっているのが分かる。

ああもう、するならさっさとしろよ！　と言いそうになったその時、いきなり部屋のドアを開けて一人の少年が部屋に転がり込んできた。

「おはよう義兄《にい》さん！　俺は町田《まちだ》燈です！　ずっと会いたいと思ってて……って！　何やってんだよーっ！」

少年は最後まで言えずに「きゃあああ！」と悲鳴を上げて両手で顔を覆う。

「あ、いやこれは、別に！　乗っかってるのは迷子の犬だから！」

「ちょっ！　今凄くいい雰囲気だったのに、そんな言い方はないいんじゃないですか？　新さん！　俺、傷付きます！」

「その前にどけっ！」

「いーやーでーすー」

琥珀は人間の体に耳と尻尾を生やしたままキャンキャン吠え、眉間に皺を寄せて怒鳴っている新の言うことを聞かない。

しかも父まで「燈君がそっちに行ったけど何かあったの？」と階段を上がってきたから、その場は混沌《カオス》と化した。


炊きたてご飯にダイコンと油揚げの味噌汁。千切り野菜とソーセージの炒め物に、だし巻きが失敗した「だし巻きスクランブルエッグ」。箸休めはキュウリの浅漬け。

食卓に並んだ料理の前に、四人の男が静かに座する。

それぞれ「いただきます」と言って箸を取った。

「新さん、この炒め物美味しい」

「そうかよかった。飯は？　おかわりがほしいときは遠慮するな」

「はいはい！　俺！　おかわり！　義兄さん！　俺おかわりだから！」

琥珀と新の会話を遮るように、義弟と名乗った燈が空《から》の茶碗を新に差し出す。

「おう。いっぱい食って育てよ？」

「まだ育つかな……。義兄さんぐらい大きくなりたい」

燈は新より八センチ背が低いのがコンプレックスのようで、ため息をついた。

「……まあ、しかし、燈君がこんなに早くやって来るとはねえ」

のんびりといつもの調子で、父が燈に微笑みかける。

「俺の図々しい願いを聞いてくれてありがとうございます。本当なら、俺とは会いたくなかったと思います。でも俺一人っ子で、兄という存在に憧れていたので……、その、母さんから話を聞いたときにいても立ってもいられなくなって、来ちゃいました」

母のことだ、「お前には少し年の離れたお兄さんがいるのよ。血は繋がってないし、親戚関係でもなんでもないけど、まあ義理の兄にはなるわよね？」と、自分の言った言葉の影響も考えずに元気いっぱい言ったのだろう。

新は「そういうところが、ほんと合わない」と心の中で呟いて、燈のためにおかわりを山盛りにしてやった。

「あの人は昔から嵐みたいだったからねえ。燈君の家族と、家族ぐるみで付き合いましょうといわれたら断固として断るけど、君一人が遊びに来る分には別に構わないよ」

父の言葉に新は安堵の表情を浮かべる。

すると燈は一瞬目を丸くすると、不安げな表情で口を開いた。

「あの……もしかして、両親が離婚したのを知らないですか？　父と別れた母さんは今頃成田にいて、アメリカへ自分探しの旅に出る予定です」

「はあ？」

新が思わず大声を上げた。

では彼女は昨日、新の元を訪れたあと、その足で渡米の準備をしたのだろうか。というか、自分を産んでおいて「自分探しの旅」をする人間がどこにいる。

「もう、意味が分かんねえ。一生日本に帰ってくるな」

「自由すぎますよね。俺はどうでもいいんだけど、父さんが怒りまくってて『男に走る！』とまで騒いじゃってもう……」

そこまで言って、燈は慌てて口を閉ざした。

現在もっとも触れてはいけない「事項」にうっかり接触してしまったのだ。

「あー……うん、別に父さんは新の恋人が男性でも構わないよ。だってさ、琥珀君って美形じゃないか。これだけ見目麗しければ許すよ。うん」

「いや、父さん」

「カミングアウトは、作家デビューして人気が出てからにするといいよ。その方がセンセーショナルだし本も売れるだろう」

「……えっ！」

自分の執筆活動は祖父母を除けば琥珀しか知らないはず。それも、昨日の夜に言ったばかりだ。

新は「なんで知ってるんだ」という顔で父を見た。

「草稿を捨てるときは、シュレッダーにかけた方がいいと思うんだ。ぼくが外に燃えるゴミを捨てに行く当番なのを失念していたね、新」

してやったりの笑顔を浮かべる父の前で、新は顔を赤くして「ああああ」と声を上げてテーブルに突っ伏す。隠していたつもりが堂々と宣言していた。恥ずかしい。

「イケメンの売れっ子親子作家として、テレビとかにも出たいじゃないか。楽しみに待ってるよ。実力で這《は》い上がっておいで」

「お、おう……」

「よかったですね、新さん」

羞恥《しゅうち》で死亡寸前だった新に、琥珀が笑顔を見せる。

ああこの笑顔、癒される……。

新はじっと琥珀を見つめたまま、彼の頭を撫でくり回した。

「こら新。未成年の前でいちゃいちゃするのはやめなさい。燈君が、目覚めなくてもいい何かに目覚めたらどうするんだい？」

悪いのは確かに自分だが、食卓でする会話かよ。

そんなことを心の中で呟いて、新は生ぬるい笑みを浮かべて琥珀から手を離した。

「俺はあなたが嫌いです。俺よりちょっとばかり顔がよくて、背が高くて、スタイルがいいだけの、コスプレ変態野郎に義兄さんを嫁にはやれない」

食事後、後かたづけを終えたあとに、新は「祖母ちゃん所に電話をしてくるから待ってろ」と言って、二階の自分の部屋に行ってしまった。

彼の父も「ぼくも書斎で休憩してるね」と言って、席を立った。

居間に残されたのは琥珀と燈で、井上家の人間がいなくなった途端に、燈は琥珀に宣戦布告する。

「えっと……」

「猫耳変態コスプレを誤魔化《ごまか》そうとしても……」

「猫耳じゃなく、犬の耳だから、あれは」

猫と犬では種族がまったく違う。ここはちゃんと訂正したいと思った琥珀に対し、燈は「バカにするな」と腕組みをした。

「せっかくできた義兄を男に取られたくない」

「取る取らないじゃなく、俺と新さんはもっと深い繋がりが……」

「普通のゲイならまだしも、犬耳プレイをするようなセックスってなんだよ。義兄さんに獣姦を強いるな。美形の変態は手に負えない」

ぴょこんと出てしまった犬耳と尻尾をコスプレと勘違いしてくれたのは不幸中の幸いだった

が、ずいぶんと酷い言われようだ。

「変態だろうが何だろうが、好き合っているんだから君には関係ないと思う」

「理性と感情は別物で、俺は今、感情を優先する」

燈はソファに腰を下ろして足を組む。

琥珀ほどではないが、彼も充分整った顔をしていた。

凛々しいというより可愛らしい顔をしていて、にっこり微笑むだけで女性が寄ってくるだろう。同年代よりも年上の女性にモテそうだ。

「いくら兄がほしいと言っても、あまり執着するのはどうだろう。君なら彼女もすぐにできるだろうし」

「子供の頃からの憧れっていうのは、ちょっとやそっとじゃ消えないんだ。テレビで兄弟もののヒーロー番組を見てから、なんで俺には兄も弟もいないんだろうってそりゃあ悩んださ。俺がどんなに悩んでも、両親が頑張らなくちゃ何も始まらないと知ったのは、中学生に入ってからだ。俺の親父、女運が悪くてバツイチだった。再婚はしないって言われた。その時の絶望があんたに分かるかよ」

燈はソファに埋もれるようにしてぶつぶつと文句を言う。琥珀はそれを律儀に聞いた。

「……そして親父は、縁があって義兄さんの母親と結婚した。年の離れた弟ができるかもと期待してたけど、さすがに無理だろってのも分かってた。そしたらさ……あの人が義兄さんのことを教えてくれた。……実際会ったら凄く素敵な人で、体は引きしまって肌はツルツルで、あー……ちょっと余計な物まで見ちゃったけど、とにかく俺の理想の兄だった。だから、もう離したくない」

燈は十八歳で、新は二十三歳。五歳も離れていると憧れやすいのか。

「うん。あの人がとても素敵に育ってくれたのは、俺にも分かる」

頼り甲斐があって、男らしい中にも人を気遣う優しさがあって、本当に、素敵な大人に成長してくれた。ちゃんと「約束」しておいてよかった。新は思い出せないでいるが、「約束」をしていたお陰で、新は二十三歳でも清いままだった。

本当にありがとう。待つのは正直、もういやだけど、それでもあなたのためなら待ってもいいよ。だから思い出してね、俺のこと。

琥珀は自然と緩む頬を両手で押さえ、「新さんのところに行ってくるね」と言った。

「俺も！」

「君は弟なんだから、これからいくらでも甘えられるでしょ？　少しは俺に譲ってほしいな」

すると燈は「それもそうか」と素直に頷く。

けれど「いやらしいことはすんなよ」と釘を刺された。

『……そうよ、いつも一緒に遊んでた子がいたの。祖母ちゃんはいつもおやつをあげるから連れておいでって言ったのに、新は内緒の友達だって、そう言って一度も祖母ちゃんに会わせてくれなかった』

「そ、そうだっけ……」

『凄く可愛いって。あとふわふわだって。祖母ちゃんにそう言ったの覚えてない？』

年寄りの話は本題に入るまでが長い。ようやく本題に入ったと思ったら、いきなりの衝撃だ。内緒の友達なんて、俺は知らない。

「俺さあ、体が弱かったから祖母ちゃんのところにいたんだよな？　なのに、毎日遊び歩いてたってこと？」

『そう。だから祖母ちゃんも田舎の空気が良かったんだと思ってたのね。でもお前にとって一番の薬は友達だったみたいよ。ああ、そういえばこないだ深山さんの若い衆がね、裏山の神社跡を見に行ったって。今度新しい神社ができるみたいで……』

「祖母ちゃん話を逸《そ》らさないで」

新がため息をついたところで、部屋のドアがコッソリと開き、琥珀が中に入ってきた。

彼はすぐさま大型犬の姿になり、新の膝に顎を載せて寛《くつろ》ぐ。

「俺、そっちにいた頃の記憶が殆どないんだよ。だから事故に遭ったりしてないか？」

『あー……事故には遭ってないけれどね、あのとき、お前の母さんが離婚した年の冬。高熱を出して死ぬところだったのよ』

「は？」

琥珀を撫でていた手が止まる。

そんな大病を患ったことさえ忘れていた。

「ばあちゃん、そこ、もう少し詳しく……」

『具合がオカシイって救急車で病院に行ったはいいけれど、肺炎で死にかけてね。知ってる？　肺炎って怖いんだよ？　死んじゃうんだよ？』

「知ってる。……で、そこで持ち直したと」

『そうそう。高熱を出したから記憶が曖昧になってるところがあるって言われたんだけど、ほんと、綺麗に忘れてたのね！』

祖母は感心して、笑いながらそう言った。新が今はすっかり丈夫になったから、そんな風に笑えるのだ。

「そうか。うん、ありがとう。近々遊びに行く」

『待ってるよ。そういや、あの子がアメリカに行ったの知ってる？　本当に親不孝な娘だよ。我が子ながら呆《あき》れるわ』

母の話は聞きたくないので、新は「じゃあね」と言って勝手に電話を切った。

「何か思い出しました？」

「犬の姿のままで喋るな。父さんや燈君に見られたら大変だぞ」

ポフポフと犬の背を軽く叩いてやると、そのままの恰好で琥珀が人間になる。

「内緒の友達がいたって。俺は座敷童《わらし》と遊んでたのかもしれない。お前、犬の振りをした座敷童だったのか？」

「違います」

「だよなあ。ただ、祖母ちゃんの話でなんとなく思い出したことがある。俺たちは二人っきりで遊んでた。あの頃の田舎にはまだ子供がある程度いた。近所にも同い年ぐらいの子供が何人もいたのに、俺が遊んでいたのはいつも同じ子供だった。いや、子供か？　あれは……」

何かを思い出せそうだ。

新は口元に指を押し当てて、「あれは、人じゃない」と囁いた。そして琥珀を見つめて「犬だ」と確信を込めて言う。

「琥珀」

「はい」

「犬の姿になってくれ。確かめたいことがある」

「だったら、ドアに鍵をかけておきますね」

いきなり入ってこられないように、念のために。

琥珀はゆっくりと立ち上がってドアの内鍵を閉めた。そしてまた大型犬に変わる。

「そのまま、座ってろ」

カラーボックスの小物入れの中からメジャーを取り出すと、その先端を左足で踏みつけ、シャッと伸ばす。

「初めて祖母ちゃんの家に行ったのが七歳の頃だから……これくらいか」

右手で携帯端末を掴み、「七歳　身長」で検索し、その分までメジャーを伸ばした。

身長が伸びた今でも「でかい犬だ」と思うのだから、子供の俺にはかなり脅威だったはずだ。それに犬なんて怖くて自分から寄ったりしなかったはず。

「餌《えさ》でも持っていたのか俺は」

「そんなものがなくても、俺はずっとあなたと一緒にいましたよ？」

「思い出すきっかけを探してるんだ。少し黙れ」

自分にもこんなに小さな頃があったんだと、内心しみじみしながら記憶を辿《たど》る。

「高い空、草むら、鳥の声……、あと気持ちのいい風、友達は誰もいなかった。一人で田舎にやられて寂しくて辛かった。そうだ、友達なんて作れなかった。あの頃の俺は気が弱かった」

今とは大違いだと付け足したら琥珀に「いひひ」と笑われたので、メジャーを放り投げて両手で頬をモフモフしてやった。

「ふぁっ。俺には気持ちいいだけですけどっ！」

「なんか思い出せそうなんだよ。黙れ」

「ショック療法します？」

ドッグショーに出したら優勝しそうな立派な犬が、綺麗な瞳を輝かせて新を見上げる。

「……」

「します？」

「ないわ。っつーか、犬の姿でそういうことを言うなよ。特殊性癖にも程があるぞ。俺を変態にする気かよ」

新は犬の長い鼻面を指先でゴシゴシと撫で、眉間に皺を作った。

「俺は犬じゃありませんから！」

「狼だっけ？　すげえ妖怪」

「何度も言いますけど、俺は妖怪じゃないです」

もふもふの胸を張って答えるのはいいが、今の琥珀はどこから見ても立派な大型犬だ。新はヨシヨシと巻毛のある胸を撫でた。気持ちがいい。

「じゃあ何だよ。実は狐《きつね》？　狐も犬科だし妖怪にもなるよな？」

「俺が狐の妖怪だったら、今頃縄張り争いに負けて消滅してます。ここいら付近には、それは力の強い狐の大妖が住んでいるんですよ。人間には分からないと思いますが」

「マジか！　すげえ」

これが大滝のような霊能者の語りだったら話半分で聞いていただろうが、人外の琥珀が言うと説得力がある。

「だから、ね」

犬が肩に顎を載せて甘えてきた。ペロペロと首や耳を舐められるのがくすぐったい。

「ショック療法を試しましょうよ」

「確かに、世界中に人外と交わるって話はある」

異類婚姻譚《たん》。

日本では「鶴の恩返し」と「雪女」が二大メジャーだ。どちらも人間の男が約束を破り、見捨てられる最後も同じ。

「約束を破るってところが引っかかるんだけど……」

「そこに引っかかるくせに何も思い出さないのが凄いですよね」

「はあ？　思わせぶりで何も言わないお前も悪い」

「そういうのはヒントって言うんです」

ぐいと前脚で肩を押されて、そのまま仰向《あおむ》けに寝転んだ。大型犬の力は大した物だと感心していると、そのままのし掛かってきた。

「おい。この絵面はヤバイからやめろ」

「えっと……これだと交尾？　いや……体勢が違いますね」

「セックスなら一度ぐらいはしてもいいかと思うけど、交尾はいやだ」

すると琥珀は人間の姿に戻る。しかし体勢は変わらない。

「俺が初めての相手になってもいいですか？」

「まあ、女子より綺麗だし、人なつっこいところが可愛いし……。けど俺は童貞だから、気持ちよくさせられないかもしれない。それは謝っておく」

「はい？」

「お前は人外だし、経験豊富みたいだから俺を気持ちよくさせるのは簡単だと思うけど、俺は童貞だからそうもいかねえって話だ。悪いと思ってるんだから何度も言わせんなよ」

新は、琥珀の眉間に皺ができるのを初めて見た。

何だその顔。美形がしていい顔じゃねえぞ、おい。テレビだったらモザイクが入る顔だぞ。

怖いもの見たさで思わず見つめてしまう。

「まさか新さん。俺を抱こうとか思ってません？」

「そうだろ。お前は凄く綺麗だし、バカっぽい仕草は可愛いし、体格が似たり寄ったりなら、セックスの上下は顔で選ぶしかねえじゃん」

またしても、琥珀がモザイク顔になった。人でも殺しそうな顔だ。いっそ写メってあとで見せてやろうか。

「あなたは覚えてないと思うけど！　新さん！　あんた、ほんと、信じられないほど、めちゃくちゃ可愛いから！　子供の頃からこれっぽっちも変わってないの、その可愛さ！　しかも成長して男っぽくなってるし！　それなのに処女童貞でいてくれて本当にありがとうございました！　可愛くて男らしくて、それでいて、こんなに綺麗な人を好きになって、俺は山陰地方に向かって最敬礼しました！　俺はなんて幸せ者なんだと……新さんに会ってからずっと思ってるんですけど！」

山陰地方に最敬礼ってなんだよ……と心の中で突っ込みを入れてから、「ああ、神様のいるところ」と思わず声を出す。

「義弟君の登場には少々焦りましたけど、でも、あの子は本当に新さんを兄として慕っているのが分かったから心配ないとして……」

「お、おう」

「俺は新さんに挿入して、こう、いろいろアレコレして、最終的に二人揃って幸せになりたいと思ってます」

「大事なところを端折《はしょ》ったな。というか、なんで俺が突っ込まれなくちゃなんねえんだよ。お願いしてる方が尻を出すのが当然じゃないのか？　なあ琥珀」

「俺が新さんに中出しする方がショックが大きいんじゃないかと思って。ほら、俺は人外ですから。ね？」

「誰が中出しなんて単語をお前に教えたんだよ。綺麗な顔で言うことじゃねえ」

「今の世の中、知ろうと思えば大概のことは知ることができますから」

「痛そうだからいやだ」

言ってから、今のは失言だったと気づく。琥珀は人外だから、苦痛を感じさせない方法ならきっといろいろ知っているだろう。新は、「こいつの設定を忘れてた」と舌打ちした。

「ガラが悪いです」

「うるせえ」

「ここで言い争っていても、埒《らち》があきません。男らしく腹をくってください」

本当は突っ込むとか突っ込まれるよりも、一番大事なのは「思い出すこと」だ。それはよく分かっている。新も、自分がすっかり忘れているのは一体なんなのか知りたい。いきなりショック療法と言われても困るが、歩み寄る必要はあった。

「分かった。だから……」

言い切る前に、ぴょこんと犬耳を出して力任せに抱き締められた。

無言で体をまさぐられてハーフパンツの上から股間を揉《も》まれると、新の体は快感に震えた。他人に触ってもらうのがこんなに気持ちのいいものだと初めて知った。

琥珀の指の動きは巧みで、またたくまに新の陰茎は勃起する。気持ちよすぎて抵抗を忘れているうちに、下半身を露《あら》わにされてしまった。

「おい、琥珀。俺の話を最後まで……っ、んっ、は、ぁっ」

唇をキスで塞がれる。温かな舌でとろとろと口腔《こうくう》を丁寧に愛撫《あいぶ》されていると、思考がおろそかになる。抵抗できない。このまま琥珀に身を委《ゆだ》ねて、もっと気持ちよくなりたい。

口を開けて舌を絡め合って、舌先でゆるゆると舌を擦って互いの唾液を絡めて飲み込む。優しい甘さに思わず声を上げたら、琥珀が「可愛い」と囁いた。

光の加減で金色に光る目を欲望に潤ませて、何度も「新が可愛い」と言われる。可愛いのは俺なんかじゃないと首を左右に振っても、琥珀の唇で頬や耳たぶ、喉にキスをされると動けなくなった。

「これも、邪魔。ねえ、ほんと、可愛い新のおっぱい」

素早く服を脱いだ琥珀にTシャツを脱がされ、興奮して膨らんだ乳首を吸われ、指で嬲《なぶ》られる。

こんなところが感じるわけがない。男なんだ、感じない。そう思っていたのに、ゾクゾクと悪寒にも似た快感が背筋を駆け上がっていく。たまらず「あーあー」と情けない声を上げると、琥珀に「敏感で可愛い」と言われた。

「やっ、やめろよおっ、そんなとこっ、男なのに！　俺は男なのにっ！　ちくびっ、ちくび感じるなんてっ！」

気持ちよくて泣きたくなる。琥珀の舌が器用に動き、何度も強く吸われていたら、乳輪ごとぷっくりと膨らんだ。

「ね、可愛い。ぷにぷにしてるのに、真ん中は硬くてコリコリしてる。可愛い、新の乳首美味しい。処女の乳首凄く美味しい」

「やめろ……っ、その言い方っ」

「だって新は処女だから。……強く触られても痛くないよね？　気持ちいいよね？　こんな風に引っ張られても、気持ちいいよね？」

きゅっと乳輪ごと摘《つ》まれ、指先で乳頭をくりくりと弄《いじ》られても苦痛はない。気持ちよくて「あ」「あ」と短い声が出て、腰が揺れる。

「よかった。怖い思いも痛い思いもさせたくないよ。新を気持ちよくさせたい。子供の新にできなかったことを全部してあげたい」

「あっ、もっ、ちくびばっか弄るのやめろっ」

気持ちよすぎて頭の中がおかしくなりそうなのに、琥珀の指と舌はそこから離れない。

すっかり赤くなって一回りも大きくなった乳首を今度は甘噛みされた。

「ひっ、ぁあっ、ああっ、やっ、だめ、だめだっ、それだめっ」

噛まれては指の腹でくすぐられて、女のような高い声が出る。

防音設備もない、ドアに鍵がかかっているだけの普通の部屋の中で、こんな声を上げて誰かに聞かれたら恥ずかしい。

恥ずかしいはずなのに、新の陰茎は硬さを増して先走りを溢《あふ》れさせた。

「もったいない」

琥珀はそう言って、するりと体を移動させる。どこを見ているのかすぐに分かった。

気持ちのいいキスをくれる琥珀の唇が、陰茎に触れる。それだけで新は感極まって射精した。

こんな最短記録など恥なだけだと思って両手で顔を覆ったが、琥珀はかまわないようだ。

「なに、すんだよ……お前……っ」

「もったいないから、零した分も全部舐めてる」

「ばかやろうっ、あっ、んんっ、そこっ、イッたばっかなんだからっ、あああっ！」

達したばかりの敏感な陰茎を口に含まれ、残滓《ざんし》をちゅっと吸われ、快感で腰が砕ける。琥珀はなおも新の陰茎を離そうとせずに、舌先で鈴口をくすぐった。

「ひぐっ、あっ、あっあっあっ、もっ、そこ、だめっ、もうイッたのにぃっ！」

その刺激は息が詰まるほどの快感で、目の前に星がちらつく。

なのに陰嚢までふにふにと揉まれ始めたので、新は「んんんっ」とありったけ背を仰《の》け反《ぞ》らせて、あまりのよさに涙を零した。

「ん。ここ、気持ちいいね新。中を擦り合わせるようにして優しく揉まれると、気持ちよくてたまらないよね？　いっぱい泣いていいんだよ。気持ちいいって言いながら泣いてみせて」

「あ、ふっ、ぁあっ、こんなとこっ、気持ちよくてっ、いいのかよっ。あぁっ、んんっ、琥珀っ、いいっ、そこ、すげえっ、すげえよっ」

「ん。凄く可愛いよ新。初めての体を俺に全部ちょうだい。新の体から溢れる体液は、俺が全部嘗《な》めとってあげるからね？　凄く甘くて美味しい。俺の新。大好き」

体を起こした琥珀に、目尻の涙を吸われる。その間も、大きく開いた股の間で、彼の指はやわやわと動き続けた。

「ああっ」

琥珀がどこまでも気持ちよくしてくれるというのが分かる。大事にされているのも分かった。もう我慢できないのだから、今は快感に身を委ねよう。

好きだ好きだと囁き続ける人外にほだされた感はあるが、それでも、新は琥珀を嫌いではないのだ。

「また……勃ったぁ……っ」

「うん。ねえ、俺がまた飲んでいい？」

「ああ、お前の口で気持ちよくしてくれよ」

「そう言ってくれると、凄く嬉しい。……俺、力が全部戻って来そう」

琥珀は目を細めて嬉しそうに微笑み、ちゅっと、新の唇に触れるだけのキスをする。なぜか懐かしさを感じて鼻の奥がつんと痛くなり、涙が出そうになった。

何度も射精させられてぐったりとした体は、後孔に押し当てられた琥珀の指を拒むことはなかった。

腰を高く上げた恰好で、恥ずかしくて目を閉じる。

「苦しい？」

「平気だけどっ、なんか……変」

「大丈夫。すぐ気持ちよくなるよ。新、気持ちいい？　ここを弄ると気持ちいい？」

「あ」

琥珀の指を何本も飲み込んだ後孔が、くちゅくちゅといやらしい音を立てて新を興奮させていく。

「あっあっ、勃つっ、またっ」

内臓を愛撫されて勃起するなんて、もう自分の性癖がよく分からない。射精する元気などもうないはずなのに、体の中からじわじわと快感が溢れ出る。

「ゆっくり入るから」

指が抜けたと思ったら、今度は尻を左右に広げられて熱く濡れたものが後孔に押し当てられた。それが琥珀の陰茎だと分かって、新は思わず「待ってくれ」と声を震わせた。

「ごめんね。待てない」

慎重に押し入ってくる琥珀の陰茎は熱く、「ひ」と声が漏れる。

苦痛はないのに得体の知れない恐怖で心が押し潰《つぶ》されそうになる。自分の性別が曖昧になったような気がして、新は心細さに自分の陰茎に指を伸ばして握り締めた。

「新の中、熱くて……気持ちがいい」

背中から琥珀の嬉しそうな声が聞こえる。

背筋を優しく撫でられても体は緊張したままで、ああ本当にある意味ショック療法だなと他人事のように思った。

「ようやく……新と一緒になれた。俺、ずっとずっと……一人で寂しかったけど、もう平気」

琥珀の声が震え、ポタポタと生温かな水滴が背中に落ちた。

ったく、このバカ犬。本当なら、泣きたいのはこっちの方だってのに！

新は心の中で悪態をつくと、「おい」とぶっきらぼうな声を出す。

「この恰好、あんまり好きじゃねえ」

「でも、この恰好の方が新が楽だと思う……」

「それでも俺は、この恰好はいやだ。お前の顔を見せろ」

「う……」

琥珀は一旦己《おのれ》の陰茎を抜いて、「ここじゃ背中が痛いから」と言ってベッドに移動すると、新の腰を持ちあげて正常位で挿入した。

自分が股を開いて男を受け入れるのにはかなり抵抗があったが、それでも琥珀が涙目で「いいんですか?」「大丈夫ですか?」と敬語に戻っておろおろする姿は可愛かったので相殺《そうさい》した。

「あとはお前に任せるから、俺を気持ちよくしてくれよ」

「は、はい」

「なんだよ、頼りねえ声」

「だって！　新が俺の顔を見たいって言ってくれたのが嬉しくて……っ」

なんで突っ込んでるヤツが泣いてるんだよ。

新は「そんなに嬉しかったのか?」と呆れ笑いして両手を広げてやる。すると琥珀は勢いよくしがみついてきた。苦しいどころか、体の中の感じるところを思いきり擦られて変な声が出る。

「すぐ、もっと気持ちよくしてあげる」

「あっ、まだいい、もっとゆっくり……っ、動くなって！　落ち着けっ！」

そう言ってももう遅かった。

琥珀は新の腰を掴んで突き上げる。初めてなのに突っ込まれて感じるのは、琥珀が術か何かを使ったからだ。気持ちよくしてやると偉そうに言ったのだから、気持ちよくなって当然だ。

「あっ、あぁっ、そこばっかりっ、中っ、やだっ、やだやだっ、中だめだっ」

乱暴に突き上げられているのに、背筋が震えるほど快感を得る。琥珀が腰を動かすたびに、勃起した陰茎と興奮して膨らんだ陰嚢が揃って揺れる様が恥ずかしい。恥ずかしいから両手で覆ってしまおうとしたのに、琥珀が「新の可愛いところ、ちゃんと見せて」と言うものだから、恥を忍んで手を離した。

「もっと、奥、いい？　俺、もう出したい」

「中？　え？　だめだっ」

「うん、中。奥に出したい。新の中にいっぱい出したい。だめ？」

そんな可愛くおねだりしたって、駄目なものはだめだ。挿入させてやっただけありがたいと思えバカ。そんな顔したって……。

新は唇を噛みしめて、琥珀を睨みあげる。

「俺……新の中に出したい。お願い……」

「ああもう！　好きにしろよバカ！」

ぼろぼろと涙を零しながらそんなことを言われたら、ほだされて当然だ。泣き顔も可愛かった。くっそ。よっぽど気持ちよくしてもらわないと割に合わない。いくらお前が人外でもな。こちとら、男としていろんなものを放り投げたんだから。

新は両手を伸ばして琥珀の背に回し、「わけが分かんなくなるまで気持ちよくしろ」と注文を付けた。

「うん。大好き、新」

琥珀が動きを速める。耳に聞こえる声がどんどん掠《かす》れ、低くなった。あんな綺麗な顔をしているのに、声が妙に男っぽくて、新は「自分は男に抱かれて気持ちよくなっている」と背徳感に興奮する。

「あらた、あらた……っ」

激しく腰を打ち付けられていたかと思うと、琥珀はぴたりと動きをとめて体を震わせた。それと同時に体の中がじわりと熱くなる。

「もう一回、いい?」

「好きにしろって……言った」

「うん」

ちゅっちゅっと軽いキスをくり返しながら、琥珀が動き始める。いきなり左足を抱えられたときは「何をする」と怒鳴ったが、いっそう深く突き上げられて黙るしかなかった。

「もっ、奥っ、やだっ」

「でも気持ちいいよね? 凄い締め付けてくる。熱くてとろとろ」

「あっあっ、やだっ、中、やだっ」

「気持ちいい?」

うっとりした声で問われて、思わず頷く。よすぎて涙が出る。たまらない。新は恥も外聞もなく、「もっと」とねだりながら絶頂を迎えた。

射精のない絶頂に息を荒くし、琥珀に「もういい」「やめてくれ」と声をかける。なのに琥珀が「もっと気持ちよくなろうね？」と微笑んで腰を動かしたせいで、新は泣きながら何度も達して気を失った。


ふわふわとしたいい匂いで目が覚めた。花畑の中にいるよう気がしたが、そこは花畑ではなく琥珀の腕の中だった。

「あれ……？」

確かに自分の部屋にいたはずなのに、今はまったく違い、どこかの森の中にいる。

高く青い空。木漏れ日。小鳥の声。思い出せないのに懐かしい。

体を起こすと、毛布代わりの着物がするりと落ちた。これは琥珀が着ていた白い着物だ。だが、以前見たときは薄汚れていたのに、今は真新しく光沢を放っている。

「あのね、力が戻ってきたの」

声のした方を見ると、晴れ着を着た少女がいた。以前見た少女と同じ。彼女の着物もまた、美しくなっている。

美少女は美少女らしい装いに身を包み、しとやかに新に近づいた。

やわらかな茶色い髪に、光の加減で金色に見える瞳。色素の薄いテグスのような睫。夢では無かった頭に着けた大きなリボンが可愛い。

近くで見れば見るほど、本当に美少女だ。

しかし、と新は首を傾げた。この顔に見覚えがある。

「まだ気がつかないの？」

少女が笑う。嬉しそうに目を細める仕草を見て、新は自分の傍らで眠っている人外の男を慌てて振り返った。

やわらかな茶色の髪に、テグスのような長い睫。鼻の形、桜色の薄い唇。どうして気づかなかった。

「琥珀？　でもお前……女の恰好してる……」

「晴れ着はこれしか奉納されなかったから。だからこれを着たんだ。初めて新に会ったときに着てたの。こんなところまで来てくれて凄く嬉しかった」

小さな琥珀は笑顔で涙を流し、「覚えてる？　ビー玉のことを覚えてる？」と愛らしい唇を動かした。

「友達の証《あかし》に、これをあげる」

病弱で、友人と呼べる人は誰もいなかった。どうやって友人を作ればいいか分からなかった。だから新は、自分が一番大事にしていたビー玉を、琥珀の小さな掌に握らせた。

「このビー玉のことを、覚えてる？」

琥珀はポンとビー玉を上に放り投げ、そのままふわふわと宙に浮かせる。海のカケラが浮かんでいるように見えるなんて綺麗なんだろう。

父に初めて連れて行ってもらった海で見つけたビー玉だ。あれは海のカケラだとずっと信じていた。日に透かすとたちまち色が変わっていく様は見ていて飽きることがなかった。大事だった。だから、初めてできた大事な友達に渡した。

どうか、俺の友達になってと思いを込めて。

「覚えてる。思い出した、そのビー玉……」

「うん。俺がもらった。大事に大事にしまってる」

琥珀が、目を細めて笑った。笑いながら、ぽふんと、大型犬に姿を変える。

今までせき止められていた記憶が、水門を開けた川の水のように頭の中を満たしていく。

「やべえ。……なんだこれ。時系列じゃねえ……」

目眩《めまい》がするのを辛うじて堪え、両手で頭を押さえて深呼吸をした。

傍らの琥珀はどれだけ深い眠りに入っているのか、一向に起きない。

『あなたは誰？　俺は井上新。どうしてこんなところにいるの？　一人なの？』

初めて琥珀に声をかけた日のことを思い出した。

珍しく体調のよかった、夏の朝。

新はゆっくりと裏山を歩き、朽ちかけた神社を見つけた。

石畳の参道はひび割れ雑草が芽を出し、両側に建っているはずの狛犬の阿吽《あうん》像は、阿の方が崩れ落ちていた。

社殿も屋根が落ち、小鳥の住処《すみか》となっている。

そんな場所で、綺麗な着物を着た少女に出会った。とても綺麗で、新は生まれて初めて、病気以外で心臓がドキドキしたのを覚えている。

『こんにちは、俺は琥珀。ずっとずっと一人だった』

『……男なんだ。女の子かと思った』

『男だよ。ここに来てくれてありがとう、新』

小さな琥珀はにっこりと笑い、新に駆け寄って手を握り締めた。

『ずっと一人で寂しかった』

『俺も。俺も……ずっと一人だった。すぐ病気になるから、友達がいなかった』

そして新は、琥珀を得た。

十何年も前の話だ。けれどとても大事な話だ。

「なあ琥珀、起きてくれ」

傍らの男の肩を掴み、軽く揺さぶる。

「ん……?」

「よく聞け。全部思い出したぞ」

「何を……?　凄く眠い。もっと寝てたい……」

琥珀は寝返りを打ち、新に背を向けた。体がキラキラと輝いて、少し向こうが透けて見える。

「お前との約束を思い出したぞ！　ずっと一緒にいるって言ったな？　俺たち！　大人になったら、お前のもとに戻るって約束した！」

琥珀はゆっくりと体を起こし、ぐっと伸びをして新を振り返った。

「やっと思い出してくれた」

「ああ。お前は、俺の大事な琥珀だ。お前を消滅させたりしない」

新がそう言うと、さっきまで傍にいた大型犬が消えてなくなる。

琥珀は、新の目の前にいる一人になった。

「子供の頃じゃ分からなかったけど、今なら全部分かるぞ、琥珀」

「じゃあ、俺の正体も分かった?」

ちょこんと首を傾げて微笑む琥珀の頭を撫でてから、新は「狛犬」と秘密を囁いた。

「うん」

祭る神もすでにおらず、神社を守り、共に神の使いであった兄をなくしても、琥珀はずっと存在していた。

『神様は、俺たちを連れて行くのを忘れちゃったんだ。でも石像が朽ちれば、俺たちも神様のところに戻れるからいいんだ』

『でもそれまでずっと一人だ。だから俺が一緒にいてやる。友達だから！　な？　琥珀』

『嬉しい』

　子供の頃の無邪気な会話を思い出す。

　新は鼻の奥がツンと痛くなった。泣き出しそうになるのを必死に堪えて、目の前の琥珀を見つめる。

「俺の狛犬さん。お前の石像はどこに行ったんだ？」

「深山の母さんが大事に保管してくれてる。新からもらったビー玉と一緒にね。あの山を管理している母さんの枕元に何度も出て、俺を保護してってお願いしたんだ。願いを叶えてくれたから、俺も姿を現して、すべてを語った。母さんは肝の据わった人で、とてもいい人です」

　新は「そういうわけか」と、納得して頷いた。

「だからね、新。俺は簡単に朽ちたりしない。母さんは俺にお供えもしてくれるから、だから、俺はこうして、人の世に存在してるし、神通力も使える」

「……だったら、これからは俺もお前にお供えしてやるよ」

「何をくれるの？」

琥珀が目を細めて笑う。もう答えは知っているのだ、この美しい狛犬は。

「そんなの、『俺』に決まってるだろ」

「俺の大好物」

「知ってる。……ところでさ、子供の頃の大事な友達って、大人になったら恋人同士になんの？　お前、あんないやらしいこと、俺にしたかったの？」

小さく笑いながらからかってやると、琥珀は顔を真っ赤にして「ついさっきまで何もかも忘れてたくせに！」と悔しそうに大声を出す。

「うん、忘れてた。お前が会いに来てくれなかったら、俺はこんな綺麗な狛犬を一生思い出せずにいた。ついでに、あんな気持ちいいことも知らずにいた」

幼いながらも、新は琥珀に恋をしていた。だから、約束のキスが嬉しかった。思い出さずにいたら、琥珀はこの世から消滅していたのだと思うと空恐ろしい。

「ショック療法が効きすぎて、どうしようか？　琥珀」

幸い、二人とも裸のままだ。

「俺はもっと新を堪能したい。いくらでも愛したい。ねえ、いい？」

腰を引き寄せられただけで声が上擦《うわず》る。

「いいぞ。いくらでもくれてやる。だから、俺にもお前を山ほど寄越《よこ》せ。俺が生きている間中、俺だけを見てろよ？　年取って、爺《じい》さんになってもずっとな？」

自分から顔を近づけて、琥珀の唇にキスをした。

「安心して新。新が死んでも、ずっと新だけ見てる。そして、また新が生まれてくるのをずっと待ってる」

「バカ、待つな。きっと長いぞ」

「でも俺、待つのは慣れてるから平気」

「………できるだけ長生きして、できるだけ早く生まれ変わる」

「うん。俺もできる限り、使えるコネは使います」

「じゃあ、賄賂《わいろ》代わりに山ほどお供えするか。どこの神社に供えればいい？」

「どこでも大丈夫。ちゃんと願いは届く」

琥珀に抱き締められながら、新は「分かった」と頷く。

記憶が戻って、頭の中がやけにスッキリする。

「新、ちゃんと俺のことを見て」

「見てるぞ、可愛いモフモフ。俺のモフモフ毛皮。ところで、俺たちはちゃんともともとの場所に戻れるんだろうな？」

「なにそれ。戻れるよ。色気ないなあ」

文句を言うが、それでも琥珀は頬を染め、愛《いと》しそうに新を見て目を細めた。

どうして琥珀のことを忘れたかというと、高熱を出して入院したことが原因としか考えられなかった。

あの頃は両親の離婚や母親に対するストレスもあったから、子供の新のキャパシティはいっぱいいっぱいだったのだろう。琥珀には「だからって一番大事な人を忘れるなんて酷い」と文句を言われたが、ちゃんと思い出したのだから新は気にしない。

そして琥珀は、なんと新の父に「新さんをください」ととんでもないことを言い、新を怒らせ、その父を驚かせた。

「お前たち二人がそれでいいなら、ぼくは何も言わないよ。どんな形だろうと息子の幸せを祈ってる。あとね、とにかく新は文壇デビュー頑張ってね」

父はそれだけ言って、新の頭を優しく撫でた。

そして今、琥珀は井上家に居候して、一つ屋根の下で暮らしている。

「おとーさん！　昼ご飯は冷蔵庫に入っているので、チンして食べてくださいね！　夜の分は新さんが作って冷凍庫です。では仕事に行って来ます！」

今日の食事当番は琥珀で、彼は寝ぼけ顔で居間に現れた父・学に目覚めのいい濃いお茶を一杯淹れ、台所の冷蔵庫を指さして伝えた。

「うん、分かった。息子が二人に増えるって、意外といいもんだね」

「そりゃあよかった。今夜も帰りはいつも通りだ。戸締まりはよろしく」

新はニヤリと笑って父に言うと、「待てよ琥珀」と恋人を追いかけて家を出る。

「ほんと……不思議な縁だ」

琥珀が井上家に入るにあたり、井上学・新の親子は信州の深山家に挨拶に出かけた。

大地主でもある深山家の当主・俊子は、学を見て驚いた。学も俊子を見て驚いた。二人とも同じ大学の文芸サークルに所属していた先輩後輩だったのだ。

若い頃の話題でひとしきり盛り上がってから、俊子は琥珀の正体を明かした。

新は知らないが、実は学は今、俊子と清い交際をしている。

「もしかしたら……もしかするかもね」

琥珀を保護してくれたということもあってか、女性には塩対応の新が、彼女にだけは最初から笑顔で懐《なつ》いた。だからきっと、めでたいことがあっても息子たちは笑って「おめでとう」と言ってくれるだろう。

「本当に、縁ってヤツは奇妙で面白い」

琥珀がクラウンガールで働き始めてから二ヶ月が経っていた。

あの頃は梅雨明けのからっとした天気だったが、今はもう残暑で辛い。早く秋になってくれと、みんな店の掃除をしながらそう思った。冷房をガンガンに効かせても、汗が滴《したた》る。

「汗臭いワイシャツで接客するなよ？　汗をかいたらちゃんと着替えろ。いいな？」

新は従業員たちにそう言って、今日の仕事の割り振りをする。

「待って待って！　井上さーん！　今日からまた新しい子が一人入ってくるんでしょう？　こないだ店長と面接しているのを俺見ました！」

矢部が手を挙げ、隣の相原も頷いた。

「ああ。それをこれから言う。静かにしてろよ？　町田君、入って」

「はい！　でも義兄さん、町田君って言い方は他人行儀過ぎます。燈って呼び捨てにしてくださいよー」

ヘアピンで前髪を可愛く留めて現れたのは町田燈。新の義理の弟で、琥珀に厳しい小舅《こじゅうと》だ。

フロアがしんと静まりかえる。

「みんなびっくりしてるから、ちゃんと自己紹介しろよ」

「はーい。町田燈といいます。大学一年です。シフトは不定期ですが、精一杯頑張りますのでよろしくお願いします！　あと、井上新さんは少々複雑な間柄ですが俺の義兄です」

新と琥珀を除く全員が、店長の橋本に視線を向けた。

「複雑だが、こいつらは確かに兄弟だ。しかし燈が新人であることには変わりないから、気にせず接すること。いいな？」

店長の声で、ようやくみんな落ち着く。だがその顔には「休憩時間に詳しく聞こう」と書いてあった。

「それで、だ。燈の教育係は琥珀にする。琥珀も、自分が覚えたことのおさらいになるしな。よろしく頼むぞ？」

「なんでですかっ！」

「義兄さんに教えてもらいたいです！」

琥珀と燈の声が重なった。

古淵が「お前らタイミングぴったりだな」とからかって笑う。

「店長命令だからね？　頑張りなさいね？　君たち」

そう言われては逆らえない。

琥珀も燈も「ぐにに」と変な呻き声を上げて頷いた。

クラウンガールは今日も大盛況で、新しく入った燈はにこにこと愛想がよく、客の受けもいい。

「俺はようやく、新さんの右腕として働けると思ったのに……なんであの子の教育係なんですか？」

「俺が店長に頼んだ」

「酷い」

「俺だとやっぱり甘くなっちゃうからな」

新は小さく笑って、トレイにグラスを載せた。

「俺のことも甘やかして」

「仕事をしないヤツは、俺は嫌いだよ」

そう言って、軽く睨んでやると、琥珀は慌てて凛々しい表情に戻る。

「仕事が終わったら、思う存分甘やかしてやるから、それまで我慢しろ。できるよな？」

笑顔で囁いてやったら、琥珀は「できますよ」と胸を張って、あたふたしている燈のフォローへ向かった。

「大滝さん、今日は昼間ですか？　珍しいですね」

「深山君に会いたくてね。どうだい、僕と一緒にショービジネスを始めないか？」

いつもの席に腰を下ろして、大滝がキメ顔で微笑む。

「俺はそういうの興味ありませんから」

「しかし、君ならば……」

琥珀に不思議な力があることを分かっている霊能力者・大滝は、ことあるごとに彼をスカウトするが、いつも笑顔でバッサリ切り捨てられている。

今日もそうだ。

「俺の力をもってすれば、大滝さんを消し去ることもできちゃうんですけど」

とろけるような微笑に周りの女性客は感嘆の吐息を漏らすが、大滝の表情は強《こわ》ばった。

「うん、今の話はなかったことにして」

「はい」

従業員たちは琥珀の冗談だと思っているが、新は毎回冷や冷やしている。それでも琥珀は、こちらを向いて「今日も撃退」と笑ってみせた。

ほんと、可愛いヤツ。

可愛くて綺麗で、俺の大事な狛犬様。

今夜もいっぱいモフモフさせてくれ。

いつものように、誰にも秘密の友達と会う。

体は苦しくない。琥珀に会えると嬉しくて、逆に風邪なんかどこかに消えてしまう。

「神様がいなくても、お前が俺の神様だ。俺知ってるよ、こうして手を叩いて拝めばいいんだろう？」

新はパンパンと柏手《かしわで》を打って、琥珀の前で頭を垂れて目を閉じる。

「何をお祈りしたの？」

「琥珀とずっと一緒にいられますようにって。俺は、琥珀とずっと一緒にいたい。離れたくない。なあ、このお願い叶うかな？」

「俺は神様の使いだから、えっと……神様たちがいっぱいいる社まで飛んで、新のお願いを届けることはできる」

「そっか。だったらきっと、俺の願いは叶う」

「俺とずっと一緒にいてくれるの？」

「うん」

「俺、今まで寂しかった。長い間一人でここを守ってた。神様はとうにここを捨てて出て行ってしまったけど、俺たち兄弟はいつか戻って来てくれるって信じて守ってた。でも兄は壊れてこの世から消えてしまったんだ。俺一人でずっとここで待ってたら、そしたら新が来てくれた。俺は嬉しくて嬉しくて、泣きそうになった」

そう言いながら、琥珀は犬耳と尻尾を生やして笑顔で泣いた。

新は無言で、彼にハンカチを手渡す。

「俺は、今は子供だから年に何回しか来られないけど、けど、もっと大きくなったらここに住む。約束する。俺は琥珀のところに絶対に戻って来る。……あのな？　俺は人間だけど、俺と一緒に暮らしてくれる？」

「暮らすっ！　新と暮らす！　暮らしたいっ！」

いきなり抱きついてきた琥珀の体から、とてもいい香りがした。懐かしくて甘くて、でも夏の朝の風みたいに爽やかで気持ちがいい匂い。

新もぎゅっと抱き締め返す。

「琥珀は俺の神様」

「そんな凄い物にはなれないけど、でも、新一人のためだったら、どうにか頑張れそう」

「頑張れよ。俺も、体が強くなるように頑張るから」

「うん」

ぎゅっきゅっと、離れるのが辛くなるほど抱き締め合って、二人はようやく体を離す。

新の思いを受けた琥珀が、星をまぶしたようにキラキラと光って眩しい。

「琥珀は綺麗だなあ」

「それは、新が俺を思ってくれてるから」

ないで」


「うん。大好きだ、琥珀」

「俺も新が大好き」

琥珀の掌が新の柔らかな頬を撫で、そっと両頬を包んだ。ちゅっと、唇同士が触れ合って離れていく。

「約束。ずっと一緒にいる約束をした。もし新が忘れたら俺は消えてしまうから、絶対に忘れないで」

キラキラと綺麗な顔でそう囁かれて、新は首まで真っ赤になった。

「絶対に忘れない。だから琥珀は消えない。俺と一緒に暮らすんだ」

気持ちが良くて嬉しくて、一度で終わってしまうのが勿体ない甘い味がした。だからつい、新は「もう一回する」と言ってしまった。

「俺、琥珀ともっとこういうことしたい」

「うん、俺も。もっと新に触りたい」

両手の指を絡めて合わせ、触れるだけのキスを何度も繰り返す。

「いっぱい約束するから。絶対に忘れんなよ？」

「大丈夫。俺たちは二人とも忘れない」

「絶対だぞ、琥珀。俺を忘れたら許さない」

何度も念を押すように囁く新に、琥珀は微笑んで頷いた。

人外様ご来店

ようやく残暑の猛威も落ち着いた頃。

女性客で賑《にぎ》わうクラウンガールに、男性客がやってきた。

男性客と言っても、常連の大滝や近所に住むお洒落なおじいちゃん、こっそり来ているつもりの新の父ではない。新規だ。

だが、ただの新規客ではなかった。

「……モデル？　それとも、俺が知らないだけでめっちゃ人気のある俳優？」

矢部がトレイで顔を半分隠しながら「眩しい」と呟く。

「というか、なんかキラキラしてて神々しいな」

相原は目を細めて言った。

「うちの深山より美形？　え？　同じぐらい？　二人並べてみたい……！」

成瀬はウズウズと好奇心に心を躍らせて、隣にいた新にチラチラと視線を送る。

彼の意見は従業員一同の総意だったようで、みな無言で新を見つめた。

「深山の方が綺麗だし可愛いだろ。俺はこういう茶番には乗らない」

「だったら俺が接客してきます。義兄さん！」

燈は新ににっこりと笑ってみせ、氷水の入ったグラスとおしぼりをトレイに載せて、客の元へと向かった。

みなが「ああ行っちゃったよー」と少々残念な表情を浮かべたところに、下げた皿をトレイに載せた琥珀が血相を変えてキッチンの洗い場へと走る。

「おい深山。皿はこっちのカウンターから下げろって言ったろ？　仕事中にフロアの恰好で厨房に入ると磯谷さんに怒られる」

厨房の扉を開けようとした琥珀は「ああそうだった」と呟いて、のっそりと振り返った。ずいぶんと冴えない顔……というか、怒った新を真似したように眉間に皺を作っている。

「すみません、新さん」

「何お前、その変な顔。美形が台無しじゃないか。店の売り上げに関わるから今すぐいつもの笑顔に戻れ」

「いやそれはちょっと……」

琥珀はぴょこんと犬耳を出して首を左右に振った。

「お前、耳！」

新が両手で琥珀の頭を押さえたところに、店長の橋本が「そこで何やってんの」と首を傾げながら近づいてきた。

「こいつの頭に木の葉が付いてたので！　取ってやっただけです！」

「だったらいいけど。仕事中にベタベタするなんて珍しいな新。そういうのは程々にしておけ。あと琥珀。テラスの新規客を担当して。今、燈が水を出しに行ってるけど、あいつにゃ荷が重いわ。うちで対抗できるのはお前だけだ。店長命令だ、行け」

途端に、琥珀はモザイクなしでは見られない美形にあるまじき表情を浮かべた。

「嫌だ」と「困る」と「怖い」と「助けて」が混ざるとこんな顔になるのか、新は慌てて「その顔はやめろ」と囁く。仕事中に大声は出せない。

「写メればよかった、今の顔。凄いな琥珀。そんな顔もできるのか」

「店長は感心しないでください。……というか、なんでそんなに嫌がるんだよバカタレが」

小さく笑いながらその場をあとにする店長を横目に、新は小声で言いながら琥珀を睨んだ。

「だって……あのお客様は人間じゃないし」

「は？」

「なんか……俺より偉そうだし。俺、神の使いなのに……」

「なんだそれ」

「妖怪なんです。あの、髪の毛が金色のお客様は」

「もしかして、向かいに居心地悪そうに座ってる黒髪のお客様もか？」

「あの人は人間」

「だったら平気だろ。燈から担当を引き継げ。仕事しろ」

新は琥珀の腰を軽く叩き、動くよう促す。

「なんかやだなあ」

「人外仲間ができてよかったと思え」

「友達になれなさそう……」

琥珀はそう言ってため息をついたが、新に睨まれて仕事に戻った。


彼らのオーダーは「洋なしのムース。チョコレートタルト。桃クリームのロールケーキ。ターキーと野菜サラダのサンドウィッチ。アイスコーヒー二つ」だった。

「二人なのに、量が凄い」

「そうだな。特にうちのサンドウィッチは、ひと皿で二、三人前だからな。ハーフで頼むかどうか聞いたんだろ？　町田」

とにかく凄い量だと小声で話していた矢部と古淵は、今は真剣にカトラリーを磨いている燈に聞いた。

「はい。でも金髪の人が『問題ない』って笑って終わりです。先にスイーツをくれと言われました。はあ～あんな若くて綺麗なのに、もの凄い貫禄《かんろく》があってびっくりですよー。テラス席がよく似合うし」

燈は「それに比べると深山さんはヒヨッコ美形です」と付け足す。

「こら。おしゃべりするな。矢部と古淵は、町田を連れて休憩に入れ。時間が押してる」

新は眉間に少し皺を寄せ「キビキビ動けよ」と後輩たちに活を入れた。

ランチの終わった昼下がりの店内に、客は数組。

いつも女性客で賑わうのだが、今日は不思議とまったり営業だ。厨房も暇らしく、料理長の磯谷が「今なら、この凄く凝ったシェフのお任せメニューを出せるのに」と悔しそうに言って、厨房スタッフに笑われた。

琥珀は相変わらず落ち着かずに、成瀬や片倉に「落ち着け」と笑われている。

……ったくあいつは、人外なら仲間みたいなもんじゃないか。しかもお前は神の使いだろ？神社を守る狛犬だろ？　まあ今は俺を守ってるだけかもしれないけど、それだけ勇猛な神の使い、神獣なんだから、もっとこう……ドッシリ構えてろっての！

口に出したらアウトなので、新は心の中で琥珀を叱咤《しった》するしかない。

「はい、ケーキ三種類どうぞ」

カウンターから、綺麗に飾り付けられたケーキが三つ出てくる。

「うう……テラス席の客……いやだ……」

琥珀はとっても嫌そうな顔でトレイにケーキを三つ載せて歩きだした。

「仕方ねえな」

これはもう自分がフォローするしかないと、新は二人分のアイスコーヒーと、琥珀がすっかり忘れていったカトラリーを持って後を追う。

「おーおー、井上はなかなかの過保護だな」

「年下の彼氏が可愛くて仕方ないってことか」

彼らの深い仲を知っているというか、琥珀から聞かされて知った成瀬と片倉は、顔を見合わせてニヤニヤと笑った。


「お待たせいたしました。洋なしのムースとチョコレートタルト、桃クリームのロールケーキです」

辛うじて笑顔を保って接客した琥珀に、金髪のキラキラ美形が声をかけた。

「ほう。ずいぶんと気が澄んでいると思っておったが、狛犬が居を構えていたのか。納得」

琥珀だけでなく、その後ろに立っていた新も「琥珀の正体」がばれてギョッとする。

「山吹《やまぶき》、いきなりすぎる。二人とも固まっているじゃないか。まずは、こちらに敵意がないことを伝えろよ。それからだろ」

黒髪の青年は人間だと聞いていたが、これはずいぶんと人外慣れしている。

琥珀が固まったままなので、ここは自分が仕切らねばと、新がずいと前に出た。

「アイスコーヒーをお持ちしました。ミルクとシロップはご利用ですか？」

「はい。両方お願いします」

黒髪君がそう言ったので、ミルクピッチャーと、シロップを入れた容器をテーブルに置く。

「ほほう。狛犬と同衾《どうきん》する人間がいるとはな。理宇《りゅう》、この青年もなかなか肝が据わっているじゃないか。俺はいろいろ話が聞きたい」

山吹と呼ばれた美形人外が、瞳を輝かせて新を見た。

「いや、他人に性生活を話すなんて、どこの変態だよ」

新は相手が客ということを一瞬忘れ、冷ややかに突っ込みを入れる。それから、笑顔で「失礼しました」と言った。

山吹はポカンと呆気《あっけ》に取られた顔をし、理宇と呼ばれた黒髪の青年は「ぶふっ」と噴き出す。

「申し訳ない。俺の連れは本当に失礼だ。俺は世乃山《せのやま》理宇と言って、『すずのせサービス』という便利屋の代表をやっています。今日は、俺たちの小さな友人にこの店を勧められてやってきました」

「あー……『すずのせサービス』なら知ってます。実はうちの庭も、去年すずのせさんに木を何本か引っこ抜いてもらいました。今はこぢんまりとして手入れしやすい庭になってます。その節は大変お世話になりました。ええと、井上新と言います」

「去年、庭の木……もしや福山七丁目の井上さん？」

「はい。覚えていたんですか？」

「俺は電話のやりとりとチームの手配だけでしたが、けっこう大がかりな仕事だったので覚えてます」

　笑顔で言う理宇に、新は「じゃあ俺たち、電話でやりとりしてますね」と言った。

「そうだったんですか。へえ、では、これも何かの縁ということで、連絡先の交換しませんか？」

　パンツのポケットから携帯端末を取り出す理宇に、新は「仕事中なので携帯はロッカーの中なんです」と残念そうに言って、サロンのポケットから店の名刺を取り出し、その裏にボールペンで連絡先を書いて渡す。

「俺も、人外と一緒にいる人間に初めて会ったので、是非《ぜひ》仲良くしたいと思います。よろしくお願いします世乃山さん」

「理宇でいいですよ。俺も名前で呼ばせていただきます」

「ほう、理宇が自ら友人を作りに行くとは」

　一人でパクパクとケーキを食べていた山吹は、目を細めて愛しそうに理宇を見つめた。

「俺には狐の大妖が憑いてるから、そう簡単に死なないんだ。だから友人だって作ろうと思えば作れる」

さらりと言うには少々重い話題だが、彼らは気にしていないようだ。

新は、気がつくと自分の後ろに移動していた琥珀を引っ張り出して、「相手は狐だ。同じ犬科同士仲良くしろよ」と言って、琥珀の顔を引きつらせる。

「仲良くと言っても……相手は妖怪なので……無理です」

「俺がお願いしても？」

「新さんのお願いなら努力します。でも、二人きりで遊びに行くとか、そういうのは、ちょっと……。モフモフが被るし。美形っていうのも被るし……。新さんがお狐を気に入ったらいやだし……」

琥珀は、ぶちぶちと唇を尖らせて文句を言い続け、「何言ってんだバカが」と新に肩を叩かれた。

「俺はお前の方が可愛いし綺麗だと思ってるんだから、それでいいだろ」

「新さん愛してる。今ここで抱き締めていい？」

「仕事中だから後でな。ほら、料理ができたぞ。取りに行ってこい」

「はあい！」

琥珀は頬を赤くして、スキップでもしかねない勢いで厨房のカウンターに向かう。

「よく躾けてあるな。新はよい飼い主だ」

「まだまだ躾け足りないですよ、お狐様」

「俺を前にして、あの子犬を美形だと言う度胸もなかなか面白い」

　琥珀を子犬呼ばわりする山吹に、新は怒らず小さく笑ってみせた。

「あなたにとってはあいつは子犬ですか。……まあ、甘ったれなところは子犬かな。でも俺にとっては大事な狛犬です」

「新、お前に俺の名を呼ぶことを許すぞ。俺は山吹という」

「髪の色と同じ名前なんですね」

「お待たせしました！」

　そこに、血相を変えた琥珀がサンドウィッチを持って再びやってきた。

「なんだよお前」

「だって、新さんがお狐と楽しそうに話をしている姿が見えたから……っ！」

「分かったから、まず料理をお客様に出せ」

「はい」

　新が空いたケーキ皿を下げ、琥珀が大きな皿に載った山盛りのサンドウィッチを置く。

「おい、そこの子犬。俺のことは山吹と呼べ」

「子犬……っ！」

　山吹は、琥珀を半人前扱いした訳ではなく、たんに自分よりも「年下」という意味で子犬と言ったのだろうが、琥珀の逆鱗《げきりん》に触れたようだ。

「俺のどこが……」

「琥珀、お前もう休憩入れ」

人外同士というよりも、まずここは店だということを自覚しろ。

新は琥珀の柔らかな頬を右手でつまみ、「休憩に入れ」と低く静かな声で言った。

「分かりました」

ぷっと頬を膨らませて、不機嫌を隠そうともせずにその場を後にする。

「まったくあいつは」

「今のは山吹のせいだな。お前なあ、人外仲間に会えて嬉しいのは分かるが、からかうなよ。琥珀さんだって何百年も生きてきた神様の使いだろ？」

理宇が「うりゃ」と言いながら山吹の頭に手刀を入れた。

「痛いぞ」

「それが相手の心の痛みと思え」

「……なるほど。しかし、この店のケーキは旨いな」

山吹は最後に残っていたチョコレートタルトを綺麗に食べて、すぐさまサンドウィッチに手を伸ばす。

「店の食べ物が気に入ったなら、また来てくれると嬉しいです」

女性客も喜びます、という言葉は飲み込んで、新は山吹と理宇に微笑んだ。

「散歩がてらに来るとしよう」

「うん。その前に、携帯で連絡するから飯でも食いに行こう」

新は理宇の申し出に頷く。

「そのときは琥珀も連れて行きますね」と付け足した。


「それにしても、見目麗しいというのはああいう客のことを言うんだな」

橋本店長はソファに腰を下ろして一人で納得する。

その場にいた従業員たちはみなそれぞれ頷いた。むくれているのは琥珀だけだ。

「しかも金髪だから、縁起が良さそうでしたよね」

相原はそう言って、「俺もう仮眠するー」と控え室の隣の仮眠室に向かった。それに釣られて、みなぞろぞろと彼のあとに続く。

広々とした従業員控え室は、気がつくと新と琥珀の二人だけになっていた。

「お前も、ディナーが始まるまで寝てれば？　いろんな意味で緊張しただろう？」

新はテーブルに新しいメニューのレイアウトを何枚も広げ、考え込みながら口を動かす。

「新は俺の大事な人なのに、その言いぐさはないと思う」

「こら、誰が来るか分からないんだから呼び捨てにするなよ」

「もうみんな仮眠室ですー」

「じゃあ俺も、昼寝する」

「待って、待って待って！」

立ち上がった新の腰に、琥珀の腕が伸ばされた。

「俺を甘やかしてくれてもいいと思う！」

ガシリと新の腰にしがみついた琥珀の頭からは犬耳が、尻からはモッフモフの尻尾が生えている。

「あのな、お前。耳や尻尾をやたらと出すな。万が一誰かに見られたらどうするんだよ。フォローできねえ」

「すみませんすみません。でも、子犬と呼ばれた傷心の俺を慰めて」

「あー……まあ、そんなに気にすんなよ。俺はお前のことを子犬だなんて思ってねえ」

よしよしと頭を撫でてやると、肉厚の犬耳がぴこんと動いて可愛らしい。これが家なら、もっと丁寧に撫でて喜ばせてやるんだが……と思いながら、新は琥珀の犬耳を軽く引っ張った。

「俺よりちょっと年上なだけですよ？　あのお狐。俺のことを子犬って……立派な成犬だっていうのに。子犬って……！」

「いつもお前と同衾している俺が、気にすんなって言ってるんだけど？」

「でもー」

「子犬にはとうていできねえこと、いつも俺にしてるくせに」

「う」

「あんないやらしいこと、子犬には無理だと思うんだけど？」

ふわんと、琥珀の頭から犬耳が消えた。

もちろん、尻にあった尻尾も綺麗さっぱり消えた。消える前に触りたかった。

「分かった。もう寝よう？」

「寝てていいぞ。俺は理宇さんから連絡が来てるか携帯をチェックする」

「一緒に寝たい。……だめですか？」

しょんぼりした顔で見上げられると、「ダメだ」と言えなくなってしまう。

「ただ寝るだけだぞ？　仕事があるんだからな？」

「大丈夫！　ここで何かをしても欲求不満になるだけだから」

「あっそ」

「大事ですから！　そこは」

笑顔で言うことかよ、狛犬様！

新は心の中で突っ込みを入れると、「仮眠室に行くぞ」と言って、琥珀を腰にへばりつかせたまま、ずるずると仮眠室に向かった。

ワイシャツやサロン、スラックスに皺が付いたらいやだからと、みな寝るときはTシャツと下着という潔《いさぎよ》さだ。

新もご多分に漏れず、さっさとハンガーに服を掛けてベッドに潜り込む。

当たり前のように琥珀がすぐ横に滑り込んだ。

「みんなが目を覚ます前に起きろよ？」

「努力する」

「俺たちのことがみんなに知られてると言っても、わざわざベタベタする必要はねえぞ？」

「新さんがそう言うなら」

琥珀は笑顔で頷いて、新の体をそっと抱き締める。

「言ってることと態度が違う」

「腕枕ぐらいさせて」

「無理。寝る。おやすみ」

新は琥珀に背を向けて目を閉じた。琥珀はしばらく「酷い」「ずるい」と呟いていたが、そのうち新を背中から抱き締める。

「大事な人がこんな近くにいるのに、何もできない俺ってかわいそう」

そう言いながら、新の下腹をゆるゆると撫でた。

「新、あったかい……」

エアコンが効いてると言うよりも効き過ぎな仮眠室は、人のぬくもりが心地いい。

「バカ。何やってんだよ……」

「起きてる」

「ベタベタされたら目が覚めんだろ」

「もう少しだけベタベタしたいんですが」

「お前、さっきはなんて言った？」

ったく。我が儘《まま》な狛犬だ。そんなに俺のことが好きなのかよ、バカ。俺も好きだ。

新はニヤニヤと頬が緩むのを琥珀に見られないよう、枕に顔を押しつけるようにして「だめ犬」と囁く。

「今の俺はだめ犬でもいいです。でも子犬よりはマシ」

「仕方ねえな、だめ犬」

新は自分たちの頭に毛布を被せて、「俺を気持ちよくしてくれるなら、いやらしいことしてもいいぞ？」と小声で言った。

「当然」

琥珀は低く笑って、新の首筋やうなじに唇を押しつける。跡を残さないようにしているのは嬉しいが、その代わり、下腹にあてがわれた彼の手は新をすぐさま翻弄《ほんろう》した。

「パンツ汚れるから、下ろしますね？　あ、そうだ。精液でベッドを汚したら大変だから、俺が嘗めとってあげる」

「調子に乗るなよ。そんなの俺もゴムを着ければいいことだろ」

「そうですけど……でも俺、新さんの体液は全部飲みたいです。だめ？」

「だ、だめ。今はだめだ。そんな、ちょっとヤバイからな？　それ」

何がだめなのかよく分からない琥珀は目をぱちくりさせるが、新は自分の大事な狛犬をマニアックな道に進めたくなかったのでこれからも拒否する予定だ。

俺の体液を全部って……その言い方がヤバイ。妖怪なら分からなくもないが、神様の使いだろうが、お前は。

新は顔を真っ赤にして、やる気満々の琥珀に、「手でやるだけ」と宣言する。

「そんなのいやです」

「だって、ほら、ここで突っ込まれたら俺……」

「だったらみんなが起きるまで、俺たちだけの秘密の場所に行きませんか？」

「へ？」

と、新が素っ頓狂《すっとんきょう》な声を上げていたら、以前も見た朽ちかけた社がある森に来た。

「ここなら、何をしても大丈夫。新さんもいくらでも声が出せる」

「下半身関係に関しては、ほんと、努力を惜しまないな、お前」

「だって、新が関わってるから」

敬語がなくなり、そのままゆっくりと琥珀に押し倒される。

「大好き。凄く好き。愛してる……」

「俺もだよ。俺のかわいい狛犬」

口を開けて舌を出し、愛撫しながら深いキスを交わす。

ダメだダメだと言いつつも、結局はこんな風にほだされる。けれど罪悪感も自己嫌悪もない。

「気持ちいい？」

「ああ、気持ちいい。ヤバイな」

思わず仕事を休みたくなるくらい。休んだりはしないけど。

「俺、機嫌直ってきた」

「そうか」

「新は俺以外に目もくれないし」

「当然だ」

「もー。新大好き！」

肩に顔を埋めて力任せに抱きついてくるのが、本当に可愛い。

新は「お前の可愛さにはどんな人外も敵《かな》わないよ」と言って笑った。


「あの狛犬はまだ腹を立てていると思うか？」

クラウンガールを出て、のんびりと帰路を歩いていた山吹は、自分の傍らにいる理宇に尋ねた。

「怒ってるだろうな。……と言うか、相手は神の使いなんだから、お前の言い方は本当に無礼だぞ？」

「俺は神格を得る直前の大妖だから問題などない」

「ほんと、自信満々だよな」

「愛らしい妻がいるのだ。自信に満ち溢れても仕方ない」

山吹は理宇を一瞥して胸を張る。

「そ、そうか。それは、その、よかったな」

愛しい妻は自分のことなのに、言葉にされると照れくさくて、理宇は他人行儀になった。

「まあ、そういうぎこちないところも愛しいうちの一つだが」

「そ、そっか」

理宇は頬を染めてそっぽを向き、携帯端末を使って新にメールをする。

これは予感だが、彼とはいい友人関係を結べそうだ。

そのうち二人で、お互いの伴侶《はんりょ》の愚痴や自慢話を肴《さかな》に酒を飲めるだろう。

二人で酒を飲んで騒いでいる所を想像していたら、山吹に「何を考えているか手に取るように分かるぞ」と言われた。

けれど「人間の友人が増えそうだな」と喜んでくれたので、理宇は力いっぱい頷いた。

あとがき

はじめまして&こんにちは、高月まつりです。

今回もモフモフです。ストレートにワンコです。しかも大型犬です。書いてる私はとても楽しかったです。

しかも明神先生のイラストが凄すぎて、というか萌え過ぎて、可愛くて涙が出てくるという現象が起きました。本当にありがとうございました。

そして、前作を読んでくださった方へのちょっとしたプレゼントというか、山吹と理宇も出てきます。相変わらずの尊大お狐様っぷりを披露する山吹を前に、わたわたする琥珀が、少し気の毒になりました。でもモフ成分が増えて私は楽しいです。

琥珀と新は、これからも二人で仲良くやっていくでしょう。

最後に、「クラウンガール」の従業員たちの名字の殆どは横浜線をヒントに使わせていただきました。実は昔、その沿線に住んでいたんです。

それでは、次回作でもお会いできれば嬉しいです。次はどんなモフかな(笑)。

「狛犬様とないしょの約束」、もうっ、もうっ
最高に萌えたぎってキュンキュンしっぱなしでしたっ♥ 狛ちゃん（こはく♥）
愛しすぎます――♥♥♥ 理想ド真ん中の
可愛い甘えワンコ攻めにもぉメロメロです～♥
小さい頃の2人も激カワすぎて…✿
モフモフもいっぱいで、始終テンション
あげあげ↑でイラスト描きました♥だ
高月先生、本当に素敵でキュンなお話と
萌えなキャラたちをどうもありがとうございました――!!
ポロポロと涙をこぼす可愛いワンコ様に、全力で
ハート射抜かれました♥

みょうじんつばさ☆明神翼

初出一覧

ダリア文庫をお買い上げいただきましてありがとうございます。
この本を読んでのご意見・ご感想・ファンレターをお待ちしております。

〒170-0013　東京都豊島区東池袋3-22-17　東池袋セントラルプレイス5F
(株) フロンティアワークス　ダリア編集部
感想係、または「高月まつり先生」「明神 翼先生」係

狛犬様とないしょの約束

2016年　7月20日　第一刷発行

著　者

高月まつり

発行者

辻 政英

発行所

株式会社フロンティアワークス
〒170-0013 東京都豊島区東池袋3-22-17
東池袋セントラルプレイス5F
営業　TEL 03-5957-1030
編集　TEL 03-5957-1044
http://www.fwinc.jp/daria/

印刷所

中央精版印刷株式会社